土撥鼠情報隊
撥鼠情報隊

貓爪便利店
貓爪便利店
雪莉猫

多多羅／著

貓爪怪探團

混沌時代篇 ②乳酪店拯救計畫

伊洛拉群島地圖
待解鎖
待解鎖
待解鎖
待解鎖
草原城
雪山城
小山城
待解鎖
待解鎖
待解鎖
待解鎖
待解鎖
待解鎖

人物檔案

祕密小姐

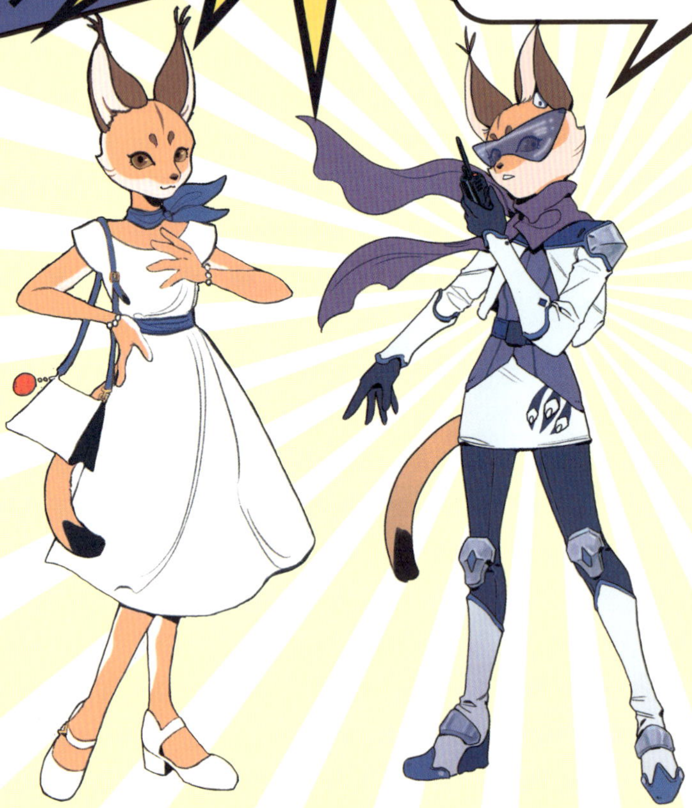

名字：雪莉貓　種族：獰貓

伊洛拉群島知名的大小姐，高貴、優雅、闊綽，是在幕後提供一切資源和智慧的「祕密小姐」。憑藉詳細的作戰計畫和先進的科技發明，掌握著伊洛拉群島的一切資訊！

月光幻影

名字：尼爾豹　種族：雪豹

一隻樂天派雪豹，是貓爪便利店的員工，也是伊洛拉群島上刺破黑暗的「月光幻影」。他憑藉靈活的身手和巧妙的偽裝技術，在伊洛拉群島的暗夜中大放異彩！

發明大師

名字：多古力　種族：浣熊

畢業於克里特特國際學院，經過一番磨礪成為享譽世界的發明大師。

名字：啾多　種族：啾啾族

每天都會來貓爪便利店報到的上班族。

傳說中，這是一個由各式各樣厲害的人物組成的團隊，他們神出鬼沒，僅僅透過一個操作簡單的網站接受委託。無論對手是窮凶惡極還是老奸巨猾，他們都能一一搞定……有人說他們是罪惡的剋星，也有人說他們是譁眾取寵的小丑。但不可否認的是，他們的存在，就像是投入水中的石子、扇起微風的蝴蝶，最終產生了巨浪與狂風，深刻的改變了伊洛拉群島。

目錄

1

秘密基地

傍晚，夕陽灑下的光輝彷彿為明鏡湖的湖面鍍上了一層閃耀的金箔，微風輕輕拂過湖面，湖面上泛起層層漣漪。

忽然，一艘快艇從遠處水面疾馳而來，打破了明鏡湖湖面的平靜。快艇激起雪白的浪花，將那一層閃耀的金箔撞碎，灑落在湖面上。這艘快艇快速的經過，最後消失在明鏡湖邊的蘆葦中，只留下一片被驚擾之後，慢慢恢復平靜的湖面。

只見這艘快艇穿過岸邊的蘆葦叢，直直開進一個山洞中，緩緩的停了下來。

一個優雅幹練的身影從快艇上下來，抖了抖尖尖的耳朵——原來是雪莉貓！她開著快艇到這兒來幹什麼呢？

在這個光禿禿、黑漆漆的山洞裡，只見雪莉貓掏出一副透明的眼鏡，然後按下眼鏡上的按鈕。透過她的眼鏡山洞變得完全不同，原本空無一物的石壁上忽然出現一道密碼門。

雪莉貓滿意的笑了笑：「嗯，新發明的這個視覺干擾裝置真的有用，我得趕緊寫實驗紀錄才行……」

原來，這個牆壁上本來有的密碼門被視覺干擾裝置隱藏了起來，平時用肉眼根本看不到它，只有戴上專門的眼鏡才能不受視覺干擾裝置影響，看到密碼門的真實模樣。當然了，這些都是雪莉貓和多古力的最新發明，在這個世界上都是獨一無二的。

雪莉貓輸入密碼，密碼門緩緩打開，同時，門裡房間的燈也自動亮起來。

展現在她眼前的，是一個有著巨大投影螢幕、幾台電腦和其他許許多多行動裝備的房間——這裡，就是貓爪怪探團的基地。

雪莉貓快步走向電腦，她的眼睛裡充滿了興奮，靈巧的雙手在鍵盤上敲敲打打，很快的就打開了一個頁面，那是貓爪怪探團用來收集委託的網站，在那裡，她能看到所有委託。

正當她準備查看這段時間收到的委託時，一陣叮咚聲響起——基地另一端的電梯門打開，穿著便利店制服的尼爾豹從裡面走了出來。

雪莉貓轉身問：「尼爾豹，你下班了嗎？可不要擅離職守喲。」

尼爾豹趕緊回答：「換班了換班了，來，

快讓我看看，我們收到委託了嗎？」

　　尼爾豹興奮的走到雪莉貓的身後，眼睛直直的看著螢幕。他們在普頓河畔閃亮登場，留下名號，又保護了《草原城之春》，還完成了伊洛拉樂團的委託，現在會有多少委託呢？

雪莉貓敲打著鍵盤，語氣中也流露出難以掩飾的期待：「我估算，現在已經有超過五萬人知道了貓爪怪探團的存在。如果其中有百分之一的人在網站上發布委託，那我們現在收到的委託信數量應該是——五百封！」

聽到這一連串數字，尼爾豹小聲嘀咕道：「上次也是這麼信心滿滿，結果只收到三封，還有一封是抹黑我們的……」

雪莉貓的耳朵動了動：「尼爾豹，你在小聲嘀咕些什麼？」

「啊，沒有沒有。」尼爾豹趕忙搖搖頭，說道，「我是說，我對我們充滿了信心，這次一定能接到非常多的委託！」

雪莉貓點了點頭。她剛剛已經打開了貓爪怪探團的網站，現在接收委託信的收件匣在螢幕上彈了出來，而收件匣裡信的數量則讓兩人同時睜大了眼睛：「五……五封……」

尼爾豹吐吐舌頭說道：「啊哈，真是太好了，比起上次的三封，可以說有了『巨大』的進步。」

雪莉貓沒有說話，而是把這些委託信一一點開。

「貓爪怪探團，你們打敗了袋熊老闆，簡直太帥了！我也有一件大事想請你們幫忙：

馬上就要開家長會了，能不能請月光幻影變身成我的爸爸……」

嘀——雪莉貓毫不留情的按下了刪除鍵。

「貓爪怪探團，你們說自己無所不能，但是我打賭，你們絕不可能從世界上守衛最森嚴的地方——校長辦公室，偷出這次期末考試的試卷。如果你們真的成功了，請把試卷交給我鑑定真假。」

嘀——雪莉貓再次按下刪除鍵。

「貓爪怪探團，久仰大名，你們在普頓河畔的簽約儀式上的登場，不得不說，十分帥氣，特別是砰砰引爆氣球的時候，我的心也跟著激動起來。我和伊洛拉群島都太需要你們了！我想，你們的行動必定會用到很多氣球吧？我是一名氣球批發商，如果需要購買氣球，請務必聯繫我，我的電話是……」

嘀——嘀——刪除鍵被連著按了好幾下。

又一封委託信被打開：

「尊敬的貓爪怪探團，我懷著十分崇敬的心情給你們寫下這封委託信。我是一名勤勤懇懇上班、從來不遲到的啾啾，至於我的煩惱，就是經常加班，如果你們能幫我解決這個煩惱，我將不勝感激。對了，我的名字叫啾多……」

嘀——雪莉貓稍微想了想，還是按下了刪除鍵。

已經看了四封委託信，祕密基地裡出現了令人尷尬的沉默。

尼爾豹暗暗的想：「看來貓爪怪探團的名聲還是不夠響亮。」

只剩最後一封委託信了，雪莉貓毫不猶豫的點開了它：

「貓爪怪探團，你們千萬不能把這件事告訴其他人，不然他們就會來打我的！我實在是太害怕了，不知道能跟誰說……我是明鏡湖西邊草原城中學的斑馬妮妮。從這個學期開始，學校裡有一群人經常欺負我，搶我的零用錢，我……我已經沒有錢了，我好害怕……」

看完這封委託信，雪莉貓怒火中燒：「尼爾豹，看到了嗎？我們的委託來了！」

尼爾豹皺皺眉頭，有些失望的說：「啊，之前還是從城堡中救出人質，從江洋大盜手下保護絕世名畫，現在就降級成解決中學生的糾紛了嗎？也差太多了吧！」

雖然嘴裡這麼念叨著，可是尼爾豹還是立刻和雪莉貓一起研究起行動方案來……

時間很快到了第二天放學的時候，草原

城中學的門口人聲鼎沸，學生們像是潮水一般從學校裡湧出，四散而去。在放學的人群中，有一匹黑白條紋的斑馬，她垂著腦袋，獨自走在放學路上。

與其他三三兩兩結伴離開學校的學生相比，這匹斑馬顯得有些形單影隻。這時，一匹將鬃毛紮成小辮子的紅色小馬跑到她身邊，友好的問：「斑馬妮妮，要不要一起回家呀？」

原來，這匹斑馬就是發出委託信的斑馬妮妮！斑馬妮妮轉過頭，先是有些高興的說：「小紅馬！」然後就過了一秒，她望了望小紅馬身後，臉色忽然變得蒼白。斑馬妮妮又垂下腦袋，手捏著衣角，小聲的說：「不……不了……我……我還有事……」

小紅馬有些失望，卻還是點點頭：「那好吧，不過放學之後要趕緊回家，不要在外面待太久。」

說完，小紅馬就跑遠了。

斑馬妮妮有些不捨的看

著小紅馬離去的背影，她多麼想和小紅馬一起回家啊。小紅馬是她的鄰居，如果和小紅馬一起走，回家的路也不會顯得那麼漫長。

「可是如果我和小紅馬一起回家的話，他們一定會去欺負小紅馬的！」斑馬妮妮這樣想著，緊了緊自己的書包背帶，繼續走在回家的路上。

離人來人往的學校大門越遠，斑馬妮妮就越緊張，她垂著腦袋走得越來越快、越來越快，就好像是要躲避什麼似的。

砰的一聲，她撞到什麼堅硬的東西上，一下子跌坐在地上。

2

噩夢來源

「哎喲——」

一個陰陽怪氣的聲音傳了過來，斑馬妮妮捂著額頭坐在地上，抬頭一看，這是她噩夢的來源，同樣是草原城中學的學生——犀牛大哥。

犀牛大哥裝模作樣的捂住自己的胸口，捏著嗓子說：「斑馬妮妮，你走路都不看路的嗎？」

旁邊站著兩個犀牛小弟，一唱一和的附和道：

「不看路嗎？」

「看路！」

斑馬妮妮身子抖了抖，抱緊自己的書包，小聲的說：「對……對不起……」

犀牛大哥抹了抹眼角根本不存在的眼淚，嘆了口氣，說：「道歉有用的話，要警察做什麼？」

旁邊兩個犀牛小弟繼續附和道：

「要警察做什麼?!」

「做什麼?!」

斑馬妮妮抖得更厲害了，她仰頭看著犀牛大哥，她是那麼瘦弱，而犀牛大哥看起來是那麼魁梧，光是陽光照射下犀牛大哥投射下來的影子，就能讓斑馬妮妮完全陷入陰影之中。

犀牛大哥得意揚揚的伸出手：「你得給點補償，意思一下。」

犀牛小弟們也伸出了手：

「意思一下！」

「補償！」

斑馬妮妮緊張的抱緊了書包，後退了一步：「可……可是我所有的零用錢，上次都給你了……」

犀牛大哥聽了，一下子瞪大了眼睛：「什麼道理？難道你昨天吃了飯，今天就不吃了嗎？快點，別廢話！不然……你看到我這足球大的拳頭了嗎？」

犀牛小弟們立刻揚起拳頭：

「足球大的拳頭！」

「大拳頭！」

斑馬妮妮搖搖頭，犀牛大哥三兩步走上前，一把搶過斑馬妮妮緊緊抱著的書包：「我倒要看看到底有沒有錢！」

說完，犀牛大哥就把書包倒過來，一股腦兒的把裡面的東西抖落在地上……斑馬妮妮眼睜睜的看著自己的課本、作業簿、文具盒等撒了一地，卻一點兒辦法都沒有。犀牛大哥撿起掉在地上的小錢包，打開一看，裡面居然真的空空如也，犀牛大哥的臉色一下子變得非常難看。

這可怎麼辦？斑馬妮妮急得眼眶發紅，她是真的一點兒能給犀牛大哥的錢都沒有了，難道她又要被欺負了嗎？

眼看著犀牛大哥的拳頭已經舉到自己

頭頂，斑馬妮妮絕望的閉上了眼睛，心裡想著：「怎麼辦？誰來救救我？貓爪怪探團，我不是發出委託信了嗎？怎麼辦……」

忽然，一個聲音打斷了犀牛大哥的暴行：「哈啾，哈啾……哎，灰塵怎麼這麼大啊……同學們，放學了要趕緊回家啊！」

一頭長著鬍鬚的白熊拿著掃把，一邊掃著地，一邊打著噴嚏出現了。

掃地白熊的出現把犀牛大哥嚇了一跳，他瞪

著旁邊的兩個犀牛小弟，悄聲責備道：「你們是怎麼把風的？怎麼有人來了都不知道！」

兩個小弟搖搖腦袋，這頭怪熊就像是忽然出現似的，他們根本沒有察覺到。

由於這頭掃地白熊的出現，犀牛大哥本來要揮向斑馬妮妮的拳頭猛的收住，變成摸了摸斑馬妮妮的腦袋，然後滿臉堆笑的轉向掃地白熊，跟他打哈哈：「我們跟朋友聊聊天，馬上就回去，哈哈哈……」

說完，犀牛大哥就帶著兩個犀牛小弟離開了。

「呼……」逃過一劫的斑馬妮妮鬆了一口氣，蹲在地上撿自己散落一地的東西。

掃地白熊也蹲下來，和她一起收拾。

斑馬妮妮感激的望著掃地白熊，問：「你是貓爪怪探團的人嗎？」

掃地白熊搖了搖頭：「什麼怪探團，我是一頭熊，怎麼可能有貓爪呢？小同學，剛剛犀牛大哥是在欺負你嗎？」

一聽說白熊不是貓爪怪探團的成員，斑馬妮妮眼中的期待一下子就消失了，她垂下了腦袋，小聲的回答：「嗯……」

掃地白熊一下子握緊了手中的掃把：「走，我帶你找老師去！」

「不……不了吧……」斑馬妮妮搖搖頭，「要是被他們知道了，我會被修理得更慘。」

「嗯？」掃地白熊有些不解，「難道老師不會處理嗎？」

斑馬妮妮嘆了口氣，走到旁邊的長椅上坐下：「唉，你不懂，老師雖然會處理，可是沒有證據呀！每次他們欺負我，都是挑像剛才那樣周圍沒有人的時候，而且還會謊稱我身上的傷痕是自己摔倒造成的……」

斑馬妮妮撩起袖子，掃地白熊湊上去一看，確實，光是看傷痕，看不出她到底是怎麼受傷的。

掃地白熊憤憤不平的說：「可是，如果你不說的話，就沒人能幫你了！」

斑馬妮妮聽了，把腦袋垂得低低的，悶悶的說：「說了也沒人會相信……他們不會相信我的。」

「啊？」

斑馬妮妮說：「我……我和大家不一樣，我不愛說話……久而久之，就沒有人會注意到我了。可是……可是我就是不喜歡說話嘛……犀牛大哥平時在學校裡有好多朋友，他會請大家吃飯、看電影，大家都相信他的話。老師們也都不知道他做的那些事。所以，沒有人會相信我的。」

斑馬妮妮洩氣的把自己縮成一團。掃地白熊在旁邊皺緊了眉頭，他一點兒也不認同斑馬妮妮的說法。

掃地白熊拍了拍斑馬妮妮的後背，讓她坐直，然後從背包裡掏出一根棒棒糖塞到她手裡，說：「我可不認為和大家不一樣就是缺點。每個人生來就是與眾不同的，有人愛說話，就肯定有人不愛說話，這都是自己珍貴的特點，你沒有必要因此難過。來，這個是格蘭島神探邁克狐最愛的棒棒糖，送給你，電視裡都說了，他可是因為吃棒棒糖才變得勇敢又聰明的。」

斑馬妮妮睜大眼睛看著白熊，這是她第一次聽到別人對她說這樣的話。

「可是我已經是中學生了，不再吃這些小孩子才吃的東西了。」雖

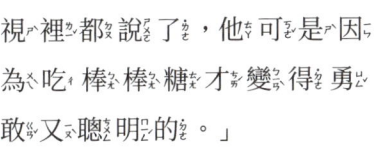

然嘴上這樣說著，可斑馬妮妮還是把棒棒糖小心翼翼的放進書包裡。

掃地白熊面不改色的繼續說：「尋求幫助也是一種需要鍛鍊的能力。如果你需要幫助，你就大聲喊出來。只有被人聽到了，才會有人來幫你。如果你就這樣自己斷定不會得到幫助，對那些想幫助你的好人來說也太不公平了，不是嗎？」

斑馬妮妮睜著水汪汪的大眼睛盯著掃地白熊，霞光照在白熊白色的皮毛上，讓他看起來金燦燦、暖洋洋的。

遠處的時鐘噹噹敲響，掃地白熊一下子蹦了起來，說：「哎呀呀，只光顧著跟你說話了，我今天該做的工作還沒做完呢，你快回家吧！要記住，如果需要幫助，就大聲喊出來，一定會有人聽到的！對了，記得要勇敢一點兒！」

說完，掃地白熊就走遠了。斑馬妮妮看著掃地白熊的背影漸漸消失，心裡忽然燃起了一點點勇氣，她背好書包，快步朝家裡跑回去。

在暗處確定了斑馬妮妮已經順利到家，掃地白熊鬆了口氣，把臉上貼的鬍子一把撕了下來——哈，原來掃地白熊是尼爾豹假扮的！想必大家都知道，貓爪怪探團的月光幻影有一個看家本領，那就是高超的變裝技巧，再搭配上祕密小姐研發的各類道具，他一變裝就很難被看穿。

尼爾豹邊往回走，一邊透過貓爪通訊器對雪莉貓說：「雪莉貓，我弄清楚了，經常欺負斑馬妮妮的頭目是一頭名字叫犀牛大哥的白犀牛。」

與此同時，在基地裡的雪莉貓火速將這個消息發給了土撥鼠情報隊，請他們查一下這個犀牛大哥的背景。

沒出五分鐘，土撥鼠情報隊就發來了一封郵件：

「土撥鼠情報隊竭誠為您服務。親愛的祕密小姐，就讀於草原城中學的犀牛大哥只是一名普通的中學生，無任何特殊背景。另外，根據土撥鼠情報隊守則第三條：土撥鼠的情報，絕對划算！此條情報過於簡單，不收費，期待下次合作。」

土撥鼠情報隊是一個勢力遍布整個伊洛拉群島的情報組織，只要給他們足夠的報酬，他們就能找來你想要的情報。

雪莉貓將這個消息告訴了尼爾豹：「尼爾豹，看來這個犀牛大哥不過就是個花錢收買人心的小混混罷了……」

尼爾豹咬牙切齒的說道：「但是我們必須給他一個教訓。你是沒看到，剛剛的場景真是氣得我血壓直升——」

雪莉貓趕緊打斷尼爾豹的話：「尼爾豹，你可不能去欺負一個中學生！」

尼爾豹騎上自己停在一邊的摩托車，說：「別急，我已經有了一個計畫，基地見！」

說完後，尼爾豹就朝著貓爪便利店疾馳而去。

3

第三個巷子

距離上次尼爾豹在學校附近幫助斑馬妮妮的日子已經過去了幾天。課間休息的時候，犀牛大哥趴在欄杆上百無聊賴，他心想：「這個學校還是那麼無聊，得找點兒樂子才行。」

他在心裡默默盤算了一下：「中午請傻小弟們喝飲料花了一大筆錢……哈，我差點兒忘了，該去找斑馬妮妮收錢了，上次讓她跑掉了，這次……哼哼……」

正當他打壞主意的時候，兩個犀牛小弟相繼跑來，還遞給他一封信。

「老大，這是有人給你的信！」

「給你的信！」

「嗯？誰還寫信給我？難道是有人崇拜

我……」犀牛大哥趕緊打開信封，只見信上面寫著：

犀牛大哥，有膽你就在今天放學後過來，我在學校後面的歪脖子柳樹往左數第三個巷子裡等你！
斑馬妮妮

這竟然是一封來自斑馬妮妮的挑戰信！犀牛大哥一下子瞪大了眼睛，然後露出一個邪惡的笑容。「我正想去找你呢，你就自己送上門來了。小弟們，做好準備！」

犀牛小弟們摩拳擦掌：

「做好準備！」

「準備！」

校園裡的時間似乎過得很快，而冬天的黑夜總是來得早一些，當犀牛大哥一夥人找到學校後面的歪脖子柳樹的時候，天色已經有些黑了。犀牛大哥揉揉眼睛，說：「往左邊數的第三個巷子……哎，我怎麼記得只有兩個巷子呢？」

雖然心中存有疑問，但他們還是一個一個數過去，數到三的時候，果然看見了一個巷子。

在光線昏暗的路燈下，斑馬妮妮站在那裡，滿臉恐懼的望著他們。

犀牛大哥說：「喲，斑馬妮妮，你真在這兒呢？」

犀牛大哥和他的兩個小弟看到了巷子裡的斑馬妮妮，大搖大擺的走了過去。斑馬妮妮的眼裡全是警戒與害怕。

這倒讓犀牛大哥有些不解了：「哎，奇怪了，不是你讓我有膽就來的嗎？我來了，然後呢？」

犀牛小弟們也露出不解的表情互相看了看：

「然後呢？」

「然後呢？」

斑馬妮妮的心裡也全是疑惑，明明是犀牛大哥寫了威脅信讓自己來這個小巷子，怎麼他還倒打一耙呢？

還沒等斑馬妮妮發問，犀牛大哥就哈哈大笑起來：「我懂了，你一時衝動想要逞英雄，但是見到英明神武的我之後又怕了，是不是？」

犀牛小弟們跟著嘲笑起來：

「又怕了是不是？」

「怕了是不是？」

犀牛大哥哼哼一聲，活動著拳頭，走向臉色慘白的斑馬妮妮。「來都來了，我可不能白跑一趟，老規矩，快把錢拿出來……」

「可……可是我的零用錢全都給你了……」斑馬妮妮著急的強調，「都給你了！」

斑馬妮妮一邊說，一邊緊張的東張西望，可是她也知道，這麼晚了，在這麼偏僻的巷子裡，之前那個救過她一次的掃地白熊是不可能出現的。

想到掃地白熊，斑馬妮妮的腦海中忽然浮現出那天溫暖的夕陽，還有掃地白熊鼓勵她的樣子，那根邁克狐愛吃的棒棒糖現在還在她的書包裡呢！

掃地白熊的聲音在她的腦海中響了起來：「記得要勇敢一點兒！」

一瞬間，她的心裡湧出了一股勇氣，她大喊：「我……我才不怕你！」

誰也沒有想到，斑馬妮妮忽然舉起自己的書包，連馬帶包整個朝犀牛大哥撞去。

犀牛大哥只覺得自己的腳踝被什麼東西打了一下，然後就被斑馬妮妮出其不意的一撞撞倒在地，可是他一下子就站了起來，四處張望：「是誰？誰偷襲我?!」

可是這個光線昏暗的小巷子裡除了他們幾個，並沒有其他人。

犀牛大哥渾身的肌肉因為憤怒而鼓起：「好你個斑馬妮妮！」

犀牛大哥三兩步走過去，抓住斑馬妮妮的領子把她舉到半空中。

在這萬般危急的時刻，斑馬妮妮腦海裡又響起掃地白熊的聲音：「如果你需要幫助，你就大聲喊出來。只有被人聽到了，才會有人來幫你。」

於是，斑馬妮妮大聲喊：「救命啊——打人啦——」

斑馬妮妮的話音剛落，隨著一個清脆的

響指聲，整個巷子驟然燈火通明，將一切都照得清清楚楚。

犀牛大哥和斑馬妮妮同時朝頭頂望去，只見一個戴著面罩的帥氣身影佇立在月光下，仔細一看，他的手指間還夾著石子。

「你是誰？」犀牛大哥說，「剛剛偷襲我的就是你吧！」

「影子」沒有回答，只是嗖的射出手中的石子，小小的石子就像長了眼睛的閃電一般，直直朝兩個犀牛小弟中間飛去。

「哇嗚！」

「嗚！」

犀牛小弟們趕緊朝兩邊躲開，石子竟然深深的嵌進了地裡。他們嚇得額頭上冷汗如瀑布般直往下流，動也不敢動了。

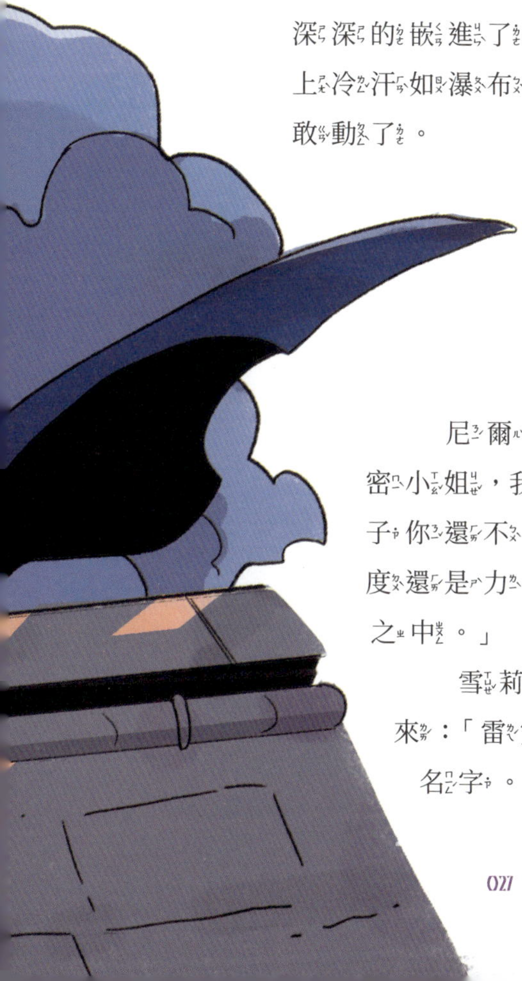

基地裡，雪莉貓連忙透過貓爪通訊器提醒：「咳咳，月光幻影，請注意力度！」

尼爾豹自信的回答：「祕密小姐，我這招雷霆電光小石子你還不知道嘛，無論是準確度還是力度，全都在我的掌握之中。」

雪莉貓無奈的聲音傳過來：「雷霆？電光？……好土的名字。」

尼爾豹說：「放心吧，一切都按照計劃進行中。」

明亮的月光下，月光幻影的黑紅風衣被夜風吹得高高揚起，面對犀牛大哥的質問，他回答道：「維護正義也是一門藝術，各位，歡迎來到貓爪怪探團的表演時間！記住我的名字——月光幻影！」

「是貓爪怪探團！哼哼，犀牛大哥，你完蛋了！」斑馬妮妮的眼睛一下子就亮了起來，掃地白熊說得沒錯，她大聲喊出來，就有人來幫她了！

相比斑馬妮妮的激動，犀牛大哥卻滿不在乎：「啊，我想起來了，你就是之前新聞裡出現過的人嘛！」

「哼，既然知道了，還不快放我下來！」斑馬妮妮用力的掰著犀牛大哥的手，可是犀牛大哥實在是太強壯了，她根本無法動彈。

犀牛大哥挑釁的晃了晃斑馬妮妮，得意的說：「那又怎麼樣呢，正義的怪探，你總不可能打我這麼一個弱小的中學生吧？要是傳出去，貓爪怪探團就要……就要……欸，今天新學的那個成語叫什麼來著？」

犀牛小弟們互相望了望，滿臉疑惑：「叫什麼來著？」

「什麼來著？」

斑馬妮妮滿是著急的說：「哎呀，是身敗名裂！」

「對啊，面對壞蛋中學生，我可是一點兒辦法都沒有呢。」化裝成月光幻影的尼爾豹站在高處，手托著下巴，似乎非常苦惱，「畢竟我可不想被警察抓起來，身敗名裂。」

犀牛大哥得意極了：「既然你都知道的話，還不快走？」

誰知，月光幻影並沒有離開，反倒從牆頭一躍而下，直直的落在犀牛大哥的面前。這可把犀牛大哥嚇了一跳，他哆嗦了一下，說：「你……你……你別過來，我喊人啦，大人欺負小孩啦！」

月光幻影雖露出了一個優雅的笑容，但面罩下的眼睛卻散發著狡黠的光。「你看上去可一點兒都不像個小孩，不過我也不會動手的，但是……」

月光幻影舉起手，把犀牛大哥嚇了一大跳，可是他並沒有發動攻擊，而是打了一個清脆的響指。

隨著響指聲響，令人意想不到的事情發生了！這個小巷子兩邊的牆壁忽然像紙板一樣倒下！而牆壁的後面，幾雙眼睛震驚的盯看著這一切。

犀牛大哥看清楚牆壁後面的人後，腳下一軟：「老……老師……啊！怎麼校長也在……還有……還有老爸、老媽……」

牆壁後面竟然坐著犀牛大哥的班級導師、校長，還有他的父母！

犀牛大哥趕緊把斑馬妮妮放下，斑馬妮妮一落地，就趕緊跑到班級導師的身邊。

犀牛大哥顫抖著問：「你……你們全都聽到了？」

當然，並不需要回答，光是看在場眾人的表情，犀牛大哥就已經知道了答案。

「好了各位，貓爪怪探團收到的委託已經完成，大家可不要忘了我們。」

月光幻影優雅的朝他們鞠了一躬，然後縱身一躍，跳到了一棵大樹上。這時，一個熱氣球從樹後緩緩升起，月光幻影再一個跳躍，跳進了熱氣球的吊籃中。

斑馬妮妮大喊道：「月光幻影，我還能再見到你嗎？」

「有緣再見吧。」

隨著這聲再見紛紛揚揚撒落的，是寫著貓爪怪探團網址的卡片。

基地內，雪莉貓滿意的將這次委託的完成情況輸入電腦中：

「犀牛大哥的行為已經全校皆知，他受到了來自學校和家庭的懲罰，應該從此就老實了。」

回到基地的尼爾豹好奇的問雪莉貓：「雪莉貓，將紙板偽裝成巷子的牆和旁邊的屋子也就算了，你是怎麼讓這幾個大人坐到屋子裡去的？」

雪莉貓一邊吃著冰淇淋，一邊滿不在乎的回答：「我用我爺爺的名義在那裡安排了一場關於教育的會議，邀請他們參加。」

「原來如此，你的大小姐身分真是很好用啊。唉……」尼爾豹搖搖尾巴，伸了一個大大的懶腰，毛茸茸的爪子抓了抓沙發，懶洋洋的說，「什麼時候才能有個大委託啊……」

又到了放學的時候，斑馬妮妮在校門口東張西望，終於看到了那一抹亮麗的紅色，她開心的走上去，問：「小紅馬，我可以和你一起回家嗎？」

祕密小姐的電台時間

第3集：校園霸凌

各位委託人，歡迎來到祕密小姐的電台時間。

校園霸凌普遍而長久的存在於世界各地。霸凌，簡單來說，就是力量強的一方欺負弱的一方。霸凌在許多情況下都有可能發生，但主要發生在成年人無法注意到的時間和地點，比如上下學途中、課間休息時間，或者校園某個僻靜的角落。當然，不是只有暴力行為才屬於霸凌，言語上的辱罵、人際關係上的排擠都是霸凌行為。

面對校園霸凌，最好的辦法是及時尋求老師和家長的幫助！不要害怕壞人的威脅，因為他們本質上是欺軟怕硬的人。如果被欺負了，卻因害怕不敢尋求幫助，很可能會被欺負得更慘。反之，如果及時告訴老師和家長，讓壞人受到懲罰，他們反而會感到害怕。

當然，每個人都是獨一無二的，學會保護自己的同時，也要學會尊重自己身邊的人，不要去欺負別人。對了，大家遇到過校園霸凌嗎？你們又是怎麼解決的呢？

4

陷入危機的乳酪店

「唉……啾……」

「唉……啾……」

「唉……」

「啾多！大好的週末你嘆什麼氣啊！」

今天是上班族啾多盼望了一週的休息日，他本應該睡到自然醒，然後快樂的跑到貓爪便利店裡吃午飯。可是讓尼爾豹沒想到的是，在這大好的日子裡，啾多居然一反常態，沒有高興的嘰嘰喳喳的分享一週的所見所聞，而是坐在用餐區裡唉聲嘆氣。

尼爾豹停下拖地的動作，望向啾多，只見他一口也沒吃面前的便當，只是愣愣的望著手裡捧著的乳酪，眼睛裡竟然閃著淚光。

「啾……尼爾豹，你看我手裡的這塊乳

酪，它好看嗎？」

啾多一邊說著，一邊把乳酪舉起來給尼爾豹看。

尼爾豹不知道啾多在賣什麼關子，他湊過去仔細的觀察了一下乳酪，還用鼻子仔細的嗅了嗅。

尼爾豹說：「嗯……無論是從外形還是從氣味上說，這都是一塊非常完美的乳酪。」

啾多的眼睛一下子亮了起來：「對對對，而且它的味道非常特別，沒有任何乳酪比得上它啾！可是……」

說到這兒，啾多一下子又變得消沉了：「啾……可是估計要不了多久，這種乳酪就要消失了。」

正當啾多盯著乳酪獨自憂愁的時候，一張血盆大口忽然把乳酪咬掉了一大半！

「果然要消失了，好吃！」

啾多大驚：「尼爾豹……尼爾豹……你……」

尼爾豹一邊嚼著乳酪，一邊驚訝的發現啾多呆愣在原地，淚水如同洪水一般從啾多的眼睛裡噴射出來。

「嗚嗚嗚啾……你吃了這個世界上的最後一塊特製乳酪，我跟你拼了啾！」憤怒而傷心的啾多跳起來，伸出翅膀想要揪住尼爾豹

的衣領。

　　可是尼爾豹只需要用爪子抵住啾多圓圓的腦袋，啾多短短的翅膀就無論如何也碰不到他了。看到啾多悲痛欲絕的表情，尼爾豹說：「好啦，改天我再去買兩個賠你不就好了嘛。」

誰知啾多一下子泄了全身的力氣，趴在桌子上流著眼淚：「沒啦，消失了……」

消失了？

啾多的話引起了尼爾豹的興趣，他問：「這麼好吃的乳酪，怎麼會消失呢？」

啾多嘆了口氣回答：「唉，這是草原城的黑白乳酪店出品的特色乳酪，我每週都會去買。可是這週去的時候，黑白乳酪店的乳牛店主卻說，這個店快要開不下去，準備歇業啦……」

在啾多的講述下，尼爾豹終於知道發生了什麼事情。

黑白乳酪店是一家坐落在草原城的小店，店裡只有一種商品，那就是特色乳酪，店裡也只有一個員工，那就是乳牛店主。這麼多年來，乳牛店主就靠著賣乳酪養活自己和她唯一的孩子，雖然沒有發財，但是生活也還算幸福。

可是最近，黑白乳酪店卻遇到了大問題。首先，是乳酪店的原料桶裡莫名其妙的出現了垃圾，有時候是廢棄的塑膠袋，有時候是吃剩的飯菜。乳牛店主絕不會用髒東西來製作乳酪，因此一旦原料被汙染，整桶原料就會被她倒掉。可是這只是一家小店，原料被汙染了就只能重新購買，這樣一來，能做出來的乳酪就變少了。

「這還不算什麼啾，後來就更奇怪了！」啾多接著說，「草原城的公共網站你知道吧？」

尼爾豹點點頭說：「知道，就是那個記錄了草原城大小店鋪資訊和評價的網站嘛，每次我去進貨，都會參考那個網站的資訊。」

「最近在那個網站上，有好多人說黑白乳酪店賣髒東西，他們買了乳酪，回去吃了都拉肚子啾！還有人放出照片，就是原料桶裡有髒東西的照片啾！」啾多憤怒極了，「這些肯定都是假的啾！乳牛店主明明已經把那些原料倒掉了啾！我今天去的時候，乳牛店主還拖著生病的身體，努力的清洗別人潑在她店門口的油漆。我和她一起擦了好久才全擦乾淨啾！背後搞破壞的人真可惡！過分！無恥！……」

啾多每說一個詞，就用力的捶一下桌子。「啾！我的翅膀好疼……總之，乳牛店主因為這些事情已經失去了很多客人，她一個人根本解釋不清楚，還因此生了病，乳酪店眼看著就要開不下去了……」

尼爾豹聽完，覺得有哪裡不對勁，問：「咦，你不是說乳牛店主還有個孩子嗎，這個孩子沒有幫她嗎？」

「啾？我忘記說了嗎？」啾多搔搔腦袋，「乳牛店主的兒子達利牛是草原城的警察，每天忙得不見牛影啾，最近還被外派到小山城去出差啦！乳牛店主覺得達利牛太辛苦了，都沒把這些事情告訴他啾……」

原來，乳牛店主的兒子竟然是達利牛！尼爾豹回想起在前幾次委託中見到的達利牛警官，確實是一個認真負責、總是第一個衝到事發現場的警官。

為什麼達利牛會這麼忙呢？

原來，在伊洛拉群島上分布著大大小小的城市，每個城市都有自己的一套管理方式，各個城市互不干擾。據說有些城市外人連進都不能進去呢！伊洛拉群島的治安狀況很不理想，就算是在草原城這樣一個稍微和平的城市，本地的警察局也非常忙碌，每天都有處理不完的案子等待著警察們。據啾多的最新情報，現在草原城警察局的普通案件正在排隊中，已經排到600號了。也就是說，就算乳牛店主去報案，也只能等前面600件案子處理完才行。

尼爾豹皺了皺眉頭，其實，這也是他和雪莉貓創辦貓爪怪探團的原因之一。

「啾……要是有什麼人能幫幫乳牛店主就好了……我還想繼續吃這麼好吃的乳酪啾……」

尼爾豹微笑了一下，裝作滿不在乎的說：「你最近老說的那個什麼……什麼怪探團能幫幫乳牛店主嗎？」

啾多聽了尼爾豹的話，一下子從椅子上跳了起來，激動的說：「對啾！我作為貓爪怪探團的頭號粉絲怎麼能忘了這個？我這就去找乳牛店主啾！」

說完，啾多就像一道閃電一樣衝出了便利店，差點兒撞到推門進來的雪莉貓。

「啾多，走路記得看路啊。」

「不好意思啦，雪莉貓老闆，我有急事先走了。」

望著已經躥出去幾百公尺遠的啾多，雪莉貓有些疑惑：「今天不是週末嗎，啾多怎麼還這麼匆忙？」

尼爾豹拿起拖把繼續拖地，並露出一個神祕的微笑：「我想，我們很快就有新的委託了。」

貓爪怪探團的地下基地裡，雪莉貓一如

往常的帶著一點兒期待打開了委託信箱——經過前幾次華麗、成功的行動之後，貓爪怪探團聲名鵲起，靠得住的委託也日漸增多。

「嗯……這個委託不錯，這個也可以……」雪莉貓滑動著滑鼠，思考著優先接受哪一個委託。當螢幕上出現一封來自乳牛店主的委託信時，靠在雪莉貓身後的尼爾豹出聲了：「我們先接受這個委託吧。」

那封委託信是這樣寫的：

「親愛的貓爪怪探團，我的朋友啾多向我推薦了你們，他說再困難的委託在你們手裡，解決起來都像是吃飯一樣簡單，再狡猾的敵人在你們面前都不值一提……於是，我誠心的請求你們的幫助，作為回報，我能夠為你們提供不限量的特色乳酪。我是草原城黑白乳酪店的乳牛店主……」

乳牛店主在委託信裡介紹的情況跟啾多說的相差無幾，而雪莉貓一讀完委託信，就立刻明白了問題的關鍵：「如果乳牛店主說的都是真的，那這些事一定是她的競爭對手做的，目的就是要搞垮黑白乳酪店。」

說完，雪莉貓敲打鍵盤，迅速的向土撥鼠情報隊發送了請求，不一會兒，一隻圓滾滾的土撥鼠就出現在螢幕中。

「土撥鼠情報隊竭誠為您服務！我是隊長土圓！」土撥鼠情報隊的土圓隊長連珠炮一樣的說，「祕密小姐，根據您的需求，我們查到了如下資訊：草原城最近一個月的乳製品行業確實有了巨大變化，豬亨達公司收購了許多小型乳製品店鋪。您提到的黑白乳酪店已經是極少數還沒有被收購的店鋪了。」

「豬亨達公司啊……」雪莉貓的眼珠轉了轉，似乎已經有了方案。而此時，螢幕中的土撥鼠搓了搓手：「祕密小姐……」

「嗯？」

「土撥鼠情報隊本月特別活動，現在儲值情報服務年卡不僅能夠打八折，還可以獲得至尊會員情報管道，更有特殊情報贈送……」

雪莉貓大手一揮：「儲，給我儲個十年的！」

土圓隊長的眼睛閃出金光：

「祕密小姐真是好大方！那我就奉上特殊情報：豬亨達公司草原城乳製品工廠的新廠長之前的業績都沒有達標，如果今年還不能完成指標，就要捲鋪蓋走人啦！」

在雪莉貓身後目睹了一切的尼爾豹有些驚訝的問：「這些情報準確嗎？」

土圓隊長聽到了，抖了抖眉毛，一臉驕傲的說：

「土撥鼠情報隊守則第一條：土撥鼠的情報，絕對準確！至於情報的來源，屬於商業機密，請恕我不能透露。」

雪莉貓點了點頭：「土撥鼠情報隊是伊洛拉群島最大的情報組織，你們的情報我還是非常信任的。」

土圓隊長露出一個燦爛的微笑，兩顆潔白的門牙閃得尼爾豹的眼睛都要花了。

「謝謝祕密小姐的信任，期待下次為您服務！」

說完，土圓隊長敬了個禮，就消失在螢幕中。

「一儲就儲十年……」尼爾豹嚥了口口水，震驚的看著雪莉貓，「這得是多少錢啊……」

雪莉貓搖搖頭：「應該只比你欠我的錢

多一點點吧。別管了，尼爾豹，你從這些情報裡聽出了什麼？」

雪莉貓一邊說著，一邊打開草原城的公共網站，爪子快速敲打著鍵盤，一行行資料在螢幕上飛快的閃過。

尼爾豹說：「這件事情多半與豬亨達公司這個草原城乳製品工廠有關。」

尼爾豹話音剛落，雪莉貓就狠狠的敲下鍵盤，她推了一把桌子，反作用力讓她坐著的椅子旋轉過來：「我查到在網路上造謠的網路位址了！月光幻影，接下來就交給你了。」

尼爾豹粲然一笑：「當然，祕密小姐，貓爪怪探團開始行動！」

月黑風高的夜晚，草原城的居民們已經進入了夢鄉，然而黑白乳酪店的門口卻傳出了不和諧的聲響。

一隻鱷魚提起一桶油漆，深吸一口氣，胳膊旋轉了一圈，嗖的一下把桶裡的油漆潑到黑白乳酪店緊閉的大門上。而另一隻鱷魚則拿著一把刷子，搖頭擺尾的在店門口的地上一筆一畫的寫著什麼，等寫完了，他直起身子仔細欣賞起自己的作品：「嗯……小弟，你看我這個字寫得怎麼樣啊？」

鱷魚小弟看也沒看，就說：「大……大……大哥，我覺得你這個字堪稱當代書法藝術的巔峰，簡直能送到拍賣行賣個好價錢！」

「嘖嘖……」鱷魚大哥點點頭，「哎，便宜這乳牛店主了。你說這都多久了，她怎麼還不賣祕方啊？要是她早點賣，我們兄弟倆也不至於大半夜不睡覺，到這兒來潑油漆。哎，回去吧，還有一百條負評沒有寫呢！」

說完，鱷魚小弟和鱷魚大哥就趁著夜色，大搖大擺的離開了。當他們回到自己在草原城郊區的小木屋時，卻驚訝的發現，本應該空無一人的屋子，此刻卻燈火通明。

「大……大……大哥……」鱷魚小弟緊張的拽著鱷魚大哥的衣角，「難道我們做壞事被發現了？」

鱷魚大哥不愧是大哥，絲毫不慌：「別緊張，抄傢伙。」

兩隻鱷魚抄起木屋院子裡的棍子，弓著身子慢慢靠近小木屋。鱷魚大哥來到窗戶旁，悄悄的透過玻璃看向裡面。

房間裡只有一隻穿著黑色西裝、戴著條紋禮帽的花豹正搖擺著尾巴，悠然自得的喝著紅酒。鱷魚大哥定睛一看，忽然站起來大吼一聲：「什麼人！居然敢偷喝我藏了三年

的紅酒！」

鱷魚大哥邊吼邊帶著鱷魚小弟急匆匆的推門而入，並且高高的舉起手裡的棍子，鱷魚小弟則是站在大哥的身後，大叫著：

「大……大……大哥，我保護你！」

然而，面對這兩個拿著武器的彪形大漢，西裝革履的花豹只是優雅的晃了晃紅酒杯，說：「房子不怎麼樣，酒倒是不錯。嗯……這酒用的是產自南部的葡萄，至少在橡木桶裡發酵了五十年才釀成，好酒，好酒。」

鱷魚大哥聽了，有些得意：「哼，算你識貨。哎，不對，你快放下我的酒！」

花豹開口道：「可是你怎麼可能買得起這種好酒呢？帶我去見你背後的老闆吧。」

兩隻鱷魚一下子緊張了起來，鱷魚大哥惡狠狠的說：「什麼老闆，我不知道你在說什麼！」

鱷魚小弟跟著說：「大……大……大哥說得對！」

「哼！」花豹冷笑一聲，搖晃著紅酒杯，「如果背後沒有老闆，那你們為什麼大半夜跑到黑白乳酪店門口潑油漆？還有……」

說著，花豹指著小木屋角落的兩台電腦，電腦螢幕透出微微的光亮，上面正是草原城公共網站。花豹繼續說：「公共網站上那些關於黑白乳酪店不好的評論，也都是你們發的吧？」

鱷魚大哥頓時瞪大了眼睛，祕密被發現了！他和小弟對視一眼，握緊手上的木棍，準備給花豹致命一擊。

沒想到花豹之後的話卻更加讓人震驚：「別急，我是來找你們老闆談生意的。來，這是給你們的見面禮。」

說完，花豹拿出兩疊鈔票放在桌子上。

談生意？

鱷魚大哥瞇起眼睛，不信任的看著這隻可疑的花豹，而鱷魚小弟看見鈔票，眼睛興奮的發出綠光：「大……大……大哥，好多錢啊！」

花豹勾起嘴角：「這些見面禮，應該值得你們幫我打個電話吧？」

鱷魚小弟一把抓過桌子上的鈔票，鱷魚大哥也沒有忍住誘惑，把鈔票放進口袋裡。之後，鱷魚大哥拿起電話，撥通了一個號碼：「喂……疣豬廠長……」

電話那邊傳來一個不耐煩的聲音：「哼，鱷魚，你知道現在幾點了嗎?!」

鱷魚大哥哆哆嗦嗦的說：「廠……廠……廠長！有人找你，說要談一筆大生意！」

一旁的花豹提醒道：「八百億。」

鱷魚大哥趕緊對著電話說：「他說是八百億的大生意！」

電話的那頭傳出了一聲驚呼：「什麼?!八百億?!」

花豹接過鱷魚大哥手裡的電話，優雅的說：「疣豬廠長，我知道你想拿下整個草原城的乳製品市場，也知道你最近遇到了一點兒困難。不過如果有了我的加入，這一切應該都會變得更加順利。不知道你明天有沒有空，我想參觀一下你的工廠，再決定合作事宜。」

電話那頭的疣豬廠長連忙回答：「好好好！明天見！」

深夜，微風吹拂過草原城，搖擺的小草在月光的照耀下就像是水面泛起的粼粼波光。在這美麗的夜色中，一隻西裝革履的花豹正優雅的行走著。

「祕密小姐，目標已經上鉤。」

「月光幻影，幹得不錯，沒想到你裝起紳士來也非常有一套。」

「要對我的職業素養有信心嘛——我將前往下一個目標地點了。」

沒有人看到，這隻花豹在經過一棵大樹後，竟然變成了一隻穿著黑紅風衣、戴著面罩的雪豹！

5

罪惡工廠

夜半時分，剛從鱷魚兄弟的小木屋裡出來的尼爾豹沒有休息，而是換上衣服，化身成一抹月光的幻影，在黑暗的掩護下躲過了門口的守衛，潛入豬亨達公司的草原城乳製品工廠。

「祕密小姐，我已到達目標工廠。」

祕密小姐的聲音透過貓爪通訊器傳來：「根據調查，你的目標在位於工廠三樓西北側的加工儲藏室。」

原來，在尼爾豹忙著裝成富翁騙鱷魚兄弟的時候，雪莉貓也沒閒著。她調查了這段時間草原城乳製品工廠裡所有的原料和成品數量，發現工廠的原料遠不足以支撐成品的生產！而且有一種原料的名字被隱藏了，這勾起了雪莉貓心中的好奇：「為什麼只有這種原料的名字被藏起來了？難道這個東西能解釋我心中的疑惑嗎？」

於是，為了一探這神祕原料的究竟，月光幻影就趁夜色來到了工廠裡。

工廠裡靜悄悄的，月光幻影輕巧的踩著樓梯往目標地點跑去。

離加工儲藏室越近，呼嚕的聲音就越大，月光幻影躲在牆角往那邊一看——這可不得了，一頭戴著守衛帽子的大象，竟然歪歪扭扭的躺在門口睡著了！

大象長長的鼻子隨著呼嚕的聲音一下變直，一下又變彎，整個大門被他擋了一大半，這可讓月光幻影遇到了難題。

儲藏室沒有其他的入口，而整個大門又被大象守衛擋住了一大半，月光幻影目測了一下，剩下的那一點兒縫隙，根本不夠他鑽過去。

「乾脆把他引開。」這樣想著，月光幻影拿起今天才得到的一個可以連發彈珠的小型噴管，嗖的一下對準不遠處的樓梯拐角發射了一顆彈珠。

彈珠碰撞到鋼管，發出清脆的聲音，而聽到動靜的大象守衛山一般的身體動了動。

月光幻影期待的想著：「很好，你就趕緊過去看看吧！」

沒想到，大象守衛只是翻了個身，又繼續呼呼大睡了起來，一點兒要起來的意思都沒有！

月光幻影沒有放棄，又射出一顆彈珠，然而大象守衛仍然沉浸在睡夢中，身體動也不動。

「這個工廠的守衛都這麼沒有職業操守嗎？門口的那些傢伙看不見我也就算了，大象守衛怎麼能在上班的時候睡得這麼死！」

月光幻影一邊抱怨，一邊觀察周圍，思考著還有沒有什麼其他的辦法。忽然，貓爪通訊器裡傳來祕密小姐的聲音：「月光幻影，你可以從大門的位置看到加工儲藏室的裡面嗎？」

月光幻影伸長了脖子：「能從大門的縫隙裡看到裡面有不少原料桶，但是看不清上面的字。」

祕密小姐的聲音一下子變得非常自信：「月光幻影，你面罩上的眼鏡可是帶有放大功能的，可以按住面罩右邊那個小小的按鈕試試。」

放大功能？

月光幻影按照祕密小姐所說按住按鈕，果然，透過眼鏡，他眼前的東西一下又一下的放大，原料桶上的字越來越清晰——

「皮革水解蛋白桶……」

月光幻影輕聲念了出來。

基地裡，祕密小姐快速的將這個詞輸入電腦，當她查到這是什麼的時候，竟然忍不住乾嘔起來：「呃……這……這也太噁心了吧！」

月光幻影說：「雖然根本不想知道這是什麼……但是你還是告訴我吧……」

祕密小姐忍著噁心說：「他們把廢舊皮

鞋、皮帶，還有皮包之類的皮革垃圾收集起來，再用化學物質把裡面的蛋白質提取出來，添加到牛奶裡……這樣雖然能夠提高牛奶裡的蛋白質含量，但是皮革中的有害物質卻會汙染牛奶，引起中毒。伊洛拉群島公約是嚴格禁止這樣的行為的！」

月光幻影看著眼前的工廠，沒想到除了欺壓乳牛店主，這個廠長還在產品上弄虛作假！他最後看了一眼那些存放著有害添加劑的原料桶，迅速的離開了工廠，等他再次回來的時候，一定會將這個工廠的罪惡昭告天下！

第二天陽光明媚，在草原城乳製品工廠的大門口，疣豬廠長對著鏡子梳了梳自己用髮膠定形的頭髮，正了正自己的領結，擦了擦自己眼睛下面那一對巨大的疣，又在獠牙

上噴了一點兒薄荷味的清新劑。

他有些緊張，畢竟這可關係到八百億的合作，這對業績壓力巨大的他來說，真的是非常重要的事情！

一輛黑得發亮的加長豪華轎車疾馳而來，穩穩的在工廠門口停下。

來了！

疣豬廠長激動的直起身子，想要迎接這位神祕的貴客。

轎車車門緩緩打開，一條纖細的鳥腿從裡面伸了出來，原來是一隻穿著黑色西裝的白鶴！

疣豬廠長有點兒納悶了，昨晚打電話的不是一隻花豹嗎？

唰的一下，只見白鶴打開了一把陽傘，畢恭畢敬的舉在車門前等待著。緊接著，一隻穿著灰色風衣、圍著紅色圍巾、戴著灰色毛呢禮帽的花豹從轎車裡走出來。他每動一下，白鶴祕書都會調整自己打傘的位置，保證花豹不受陽光的照射。而在花豹之後，又有幾個穿著西裝的工作人員從車子裡出來，他們有的端著水，有的拿著筆記本，像是隨身祕書，還有一個舉著扇子為花豹搧風！

花豹先是打量了一下工廠，然後對滿臉

笑容的疣豬廠長說：「疣豬廠長，我的老闆可是對這次的合作非常期待啊！」

說話的正是裝扮成花豹的尼爾豹，此刻他正在欣賞自己手指上的寶石戒指。

這話可把疣豬廠長嚇到了，坐這麼豪華的轎車，擺這麼大的排場，花豹居然還不是老闆嗎？

像是看出了疣豬廠長的想法，花豹優雅的微笑了一下：「區區八百億的合約，不值得讓我老闆親自過來。我是她的經理，這件事情由我負責就好。」

八百億，還是區區……

疣豬廠長不由得吞了一口口水：「好……好……那我們先參觀一下工廠吧……」

花豹經理點點頭，一群人跟著疣豬廠長進了工廠。

疣豬廠長說：「豬亨達公司採用統一的先進機器，能保證出產的乳製品品質嚴格統一……」

疣豬廠長又說：「我們的原料不止源於草原城，整個伊洛拉群島，哪裡便宜，我們就去哪裡進貨，有豬亨達公司的運輸公司全程保護……」

疣豬廠長揮舞著手為花豹經理介紹工

廠，當他停下來擦自己的口水時，卻發現花豹經理微微的皺著眉頭，似乎是在思索什麼。

疣豬廠長一下子緊張了起來：「花豹經理，您有哪裡不滿意嗎？」

花豹經理嘆了口氣：「我們還是到辦公室說吧。」

到了辦公室裡，疣豬廠長殷勤的招待花豹經理：「請坐，請坐，哈哈，您是要喝茶還是喝咖啡啊？」

花豹經理優雅的打了個響指，旁邊的白鶴祕書趕緊端上一杯紅酒。花豹經理搖晃著紅酒杯，低聲說：「不好意思，我只習慣喝五十年以上的、由橡木桶釀造的紅酒。」

聽到這裡，在基地的祕密小姐實在是受不了了：「好了，別再裝了，月光幻影，快談正事。」

月光幻影遺憾的想：「唉，我還想再裝一下富豪呢……」

花豹經理說：「咳咳，這個工廠的設備非常先進，可是我們合作的基礎就是得賺錢啊。疣豬廠長，你這個工廠，讓我看不到賺錢的希望。」

疣豬廠長一下子就急了：「怎麼會呢！」

面對疣豬廠長的疑問，花豹經理聳聳

肩，搖晃著酒杯說：「首先，在草原城出售乳製品，就面臨著要跟草原城許許多多特色乳製品店競爭的局面，我看你們這種機械化生產的乳製品一點兒特色都沒有，是沒有人會買的。」

「我以為你要說什麼呢。」疣豬廠長得意的拉開抽屜，取出一張地圖在花豹經理面前展開，「你看，這是草原城所有乳製品小店的分布圖。上面打紅叉的地方，就是已經被我們幹掉的店。」

花豹經理注意到，地圖上面已經布滿了紅叉。

「幹掉？」

疣豬廠長得意的哼哼了幾聲：「就是出錢把他們的店和祕方都買下來，然後他們就不能再做特色乳製品了……」

花豹經理露出一臉難以置信的表情：「總有不捨得賣掉的吧，我看你的地圖上還有一些沒打紅叉的店鋪呢。」

疣豬廠長拿出紅筆，說：「這些小店，隨便找一些人去搗搗亂、在網上造造謠就行。現在的人都不會去查證流言的真假，隨便一糊弄，就會輕易相信我說的話。」

說完，疣豬廠長狠狠的在地圖上畫了一

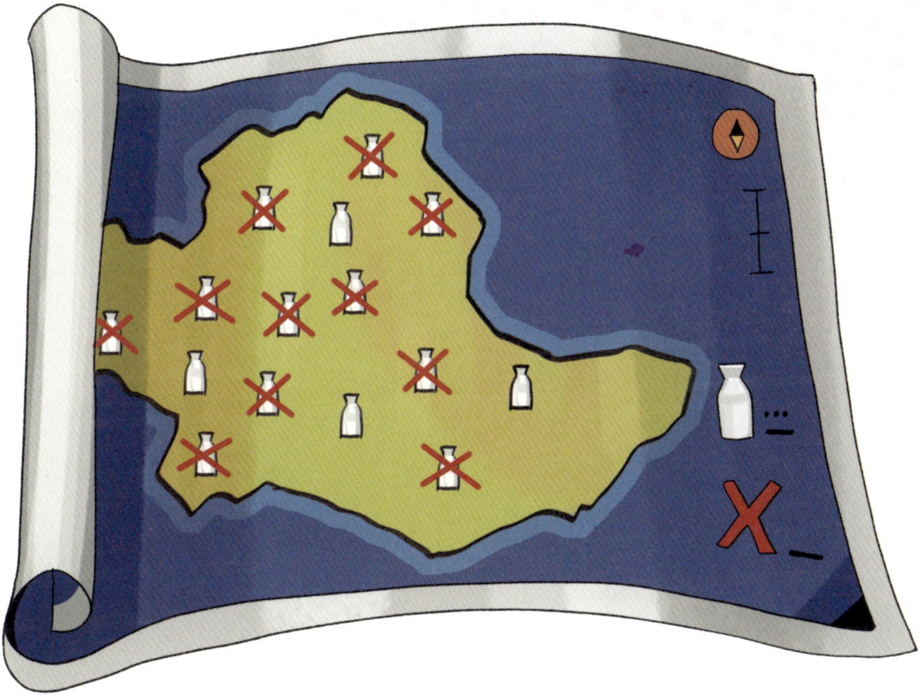

個叉：「放心吧，花豹經理，他們很快就會消失，構不成威脅。」

花豹經理瞪大了眼睛：「厲害啊，疣豬廠長！」

疣豬廠長搓搓手：「哼哼，小意思。那合作的事情……」

讓疣豬廠長出乎意料的是，花豹經理仍

然搖了搖頭：「還有一點，就是乳製品的原料成本太高了，利潤比較低，其實我們老闆本來就不想投資這個行業的……」

花豹經理一邊說，一邊悄悄的瞥了一眼疣豬廠長。果然，疣豬廠長急得滿臉通紅，生怕到手的合作飛了。

疣豬廠長說：「哎呀，這個我也有辦法可以解決！」

花豹經理問：「什麼辦法？」

「這……」

疣豬廠長一下子變得支支吾吾。花豹經理打了個響指，他身邊的幾個隨從立刻打開手中的手提箱。

每個手提箱裡都是滿滿當當的鈔票，疣豬廠長的眼睛都看直了！

月光幻影心想：「哼哼，這下總會上鉤了吧！」

果然，疣豬廠長糾結了一下，支吾著說道：「這個辦法是獨門祕訣，那個……」

疣豬廠長看了看花豹經理身邊的隨從，花豹經理了然的點點頭：「大家都到門口等我吧。」

辦公室內現在只剩下疣豬廠長和花豹經理了，疣豬廠長支支吾吾的搓著手，剛要開口卻被花豹經理打斷了。

「現在這個時間，我的老闆正好有空，不如給她打個電話，如果她滿意了就能直接確定合作，節約時間。」

時間，現在疣豬廠長最需要的就是寶貴的時間！

疣豬廠長趕忙點頭，將辦公室的電話遞給了花豹經理。

電話那邊傳來一個優雅的女聲：「喂？」

花豹經理說：「老闆，我是花豹，關於您之前提到的兩個問題，疣豬廠長這邊都有解決辦法。」

老闆說：「嗯？是什麼辦法呢？」

花豹經理將電話交給疣豬廠長。

「喂，女士您好，我是豬亨達公司草原城乳製品工廠的疣豬廠長。下面由我來為您講解一下。」

老闆說：「你說吧。」

「首先，我們已經收購了草原城大部分的乳製品商店，之後還會採取各種暴力和非暴力措施，一定能夠幹掉所有的特色乳製品商店。」

老闆問：「啊？難怪我最近在公共網站上老是看到一些特色乳製品商店的負評，都是你造的謠呀？」

疣豬廠長捏捏鼻子說：「商業手段，商業手段……」

正在疣豬廠長激情澎湃的介紹自己天衣無縫的商業計畫時，草原城的其他地方已經鬧得沸沸揚揚。

6

瘋狂電台

鱷魚小弟喊著：「大……大……大哥！」

鱷魚大哥不耐煩的說道：「幹麼大呼小叫的，你今天的一百條負評刷完了嗎?!」

小木屋裡，鱷魚大哥兩隻眼睛盯著電腦螢幕，正伸著兩隻小短手打字呢，卻被鱷魚小弟拉著聽廣播，廣播裡傳出疣豬老闆的聲音：「我買通了草原城的鱷魚兄弟，每天都在網站上造謠，還在那些小店門口潑油漆，已經搞垮了很多店了……」

鱷魚大哥驚訝的張大了嘴巴：「老闆瘋了嗎?!怎麼能在草原城電台說這些！」

鱷魚小弟已經在收拾行李了：「大……大……大哥，我們趕快跑吧！」

可是當他們推開房門，卻發現門外已經

圍了一圈又一圈憤怒的草原城市民。

疣豬廠長完全不知道電話裡頭滔滔不絕的對話已經透過草原城電台傳到了每一個居民的耳朵裡，還在得意揚揚的回答著對方的問題。

老闆，也就是雪莉貓繼續問：「那成本的事情呢？」

疣豬廠長一下子放低了聲音：「其實，我們工廠的原料成本很低！同樣的原料，我可以造出比別人多一倍的產品！」

雪莉貓一步一步的引誘：「嗯？但是如果沒有達到檢測標準，是不能進入草原城的市場的吧？」

疣豬廠長說：「我有特殊手段。」

雪莉貓問：「什麼？」

疣豬廠長說：「嘿嘿，我在牛奶裡加了皮革水解蛋白……您不需要知道這是什麼，只要知道，無論是蛋白質含量多低的牛奶，只要加了這個，就能通過檢測！」

電話那頭的雪莉貓想到自己查到的資料，聽著疣豬廠長得意又噁心的聲音，差點又要乾嘔，不過嘛……

她看著電腦螢幕上顯示的、正在瘋狂上漲的草原城電台收聽人數，心中的噁心才勉強被壓了下來。

雪莉貓繼續問：「你說的這個什麼蛋白，有毒嗎？」

疣豬廠長說：「這……據說貴的沒毒，可是為了節約成本嘛……我用的是最便宜的。不過您放心，一時半會兒喝不死人，沒人會發現是我們的問題！怎麼樣？大老闆，我們能合作了嗎？」

疣豬廠長堆著滿臉橫肉笑著問，沒想到耳邊卻同時傳來兩個聲音。

月光幻影和祕密小姐同時說道：「能不能合作，這得問問整個草原城的居民。」

「啊？」正當疣豬廠長驚訝的時候，只聽砰的一聲，他轉身一看，一陣煙霧之中，哪裡還有花豹經理的影子，取而代之的，是一個身穿黑紅風衣、戴著面罩的帥氣身影！

「你……你不是來談生意的，你是誰？」疣豬廠長驚慌的大吼，「保全！保全呢?!」

可是並沒有人回應疣豬廠長的呼喚，他打開辦公室的門一看，整個工廠已經一個人影也沒有了！

月光幻影手裡拿著一個麥克風：「維護正義也是一門藝術，各位，由貓爪怪探團特別播出的草原城廣播大家都聽到了嗎？」

疣豬廠長一下子就慌了神：「你……你……你是誰？這是什麼意思?!」

月光幻影搖了搖手上的麥克風：「疣豬廠長，剛剛你所說的所有偉大的商業祕密，都已經透過草原城電台傳到了每一個居民的耳朵裡。」

疣豬廠長的臉一下子變得煞白，連眼下的肉疣都開始顫抖：「完了……都完了……」

看來工廠裡的員工也聽到了廣播，生怕惹上麻煩，所以全都跑了！

疣豬廠長的這些罪行現在全被暴露在陽光之下，這樣一來，根本沒有人會來買工廠的產品了！

他心想：「都怪眼前的這個多管閒事的人，都怪貓爪怪探團！」

「我跟你拚啦！」

疣豬廠長嘶吼著朝月光幻影衝來，他尖利的獠牙就像兩把雪白的彎刀一樣，要是不小心被刺傷，那絕對不好受！

面對比自己強壯的疣豬廠長，月光幻影只是微微一笑，他踩著旁邊的桌子跳起來，在空中翻了個身，躍過疣豬廠長的頭頂。

疣豬廠長立刻轉身，又衝了過來。

月光幻影一把掀翻放著紅酒杯的木質茶

几，咔嚓一聲，紅酒杯應聲而碎，紅色的酒水灑了一地。

疣豬廠長大喊：「嘗嘗我獠牙的厲害——嗚啊！」

不知道怎麼的，疣豬廠長踩上紅酒的一瞬間，竟然腳底打滑，撲通一下摔了個豬吃屎，不僅如此，慣性帶著他巨大的身軀一直往前猛衝，只聽哐咚一聲，他的腦袋撞上翻倒的茶几，獠牙狠狠的插在茶几桌面上！

疣豬廠長站起身來，可是他獠牙上頂著這麼大一張茶几，他現在什麼也看不見，當他揮舞著手想要把茶几弄下來的時候，又因為地面太滑而摔倒在地！

原來，從一開始，月光幻影杯子裡盛的就不是紅酒，而是油！

「很遺憾，表演結束了。」月光幻影按下按鈕，衣服上發射出的繩索嗖嗖將疣豬廠長牢牢的綑綁住，「我腦子裡忽然有了一個絕妙的藝術想法……」

感受到月光幻影不懷好意的眼神，疣豬廠長抖了一下問道：「你、你想要幹什麼？」

當尼爾豹完成自己的傑作時，警笛聲從遠處傳來，他趕緊跳上工廠的大門。而從警車上快速衝下來的公牛，在看到眼前場景的一瞬間，忍不住噗哧一聲笑了出來。

只見疣豬廠長被五花大綁的塞在裝劣質牛奶的桶子裡，嘴裡還插著一根吸管，看到警察來了，他滿臉絕望。在牛奶桶旁邊，還擺著一張引人注目的卡片，上面不僅有貓爪怪探團的標誌，還有一句話：請欣賞月光幻影的藝術作品——《真真假假》。

請欣賞月光幻影的藝術作品——《真真假假》

「我是草原城警察局的達利牛警官，接到報案，疣豬廠長涉嫌多項罪名，由於情況嚴重，立刻逮捕調查！」然後，他又抬起頭，望著高處那個黑色的身影，「月光幻影，請你作為證人跟我們到警察局接受調查吧！」

算上前幾次見面，月光幻影跟達利牛可以說是老熟人了。達利牛正是黑白乳酪店乳牛店主的兒子，原來他已經出差回來了，不過他剛踏進警察局，還沒來得及喝口水，就又被派到了這裡。

草原的風吹拂起月光幻影風衣的下襬，他優雅的朝著達利牛鞠了個躬，拿起麥克風說：「達利牛警官，貓爪怪探團今天的節目已經表演完畢了。」

他的聲音從警察們的通訊器裡、從警車裡、從草原城所有廣播電台中傳出來：

「想要了解貓爪怪探團，不如向我們的網站發送委託。對了，我是月光幻影，再見。」

草原上的風越來越大，月光幻影說完縱身一躍，身後噌的展開一個滑翔翼，他乘著風飛向遠方，只留下雪花一般的名片紛紛揚揚的落了下來。

達利牛抬手接住一張名片：「又是貓爪怪探團……月光幻影……」

「啾啾，尼爾豹，你看新聞了嗎?!」

第二天一大早，啾多興沖沖的衝進貓爪便利店，熟練的坐在用餐區，打開電視機。

「新聞早知道，我是晨間新聞的黃鸝鳥主播。昨天，貓爪怪探團再次行動，一舉揭露了草原城乳製品工廠廠長的陰謀，以下是詳細報導……神祕的貓爪怪探團的真實身分究竟是什麼？他們又為什麼做出這些行動？本台將為您持續跟蹤報導……」

「尼爾豹！你看到了嗎？」啾多興奮極了，他看著尼爾豹還是一副睡不醒的模樣，簡直恨不得過去把他搖醒，「貓爪怪探團！乳牛店主的委託完成了，黑白乳酪店再也不用關門了！」

「你怎麼知道他們接了委託？萬一是他們先查到了這個工廠不對勁，自己過去的呢……好睏……」尼爾豹撐著拖把昏昏欲睡，要知道他從前天晚上開始就在忙活，現在又要在便利店工作，已經累得睜不開眼了。

「啾！」啾多搖搖翅膀，「這還不簡單，乳牛店主說了，她向貓爪怪探團發出委託沒兩天，工廠的陰謀就被揭穿了啾！」

「你說什麼？乳牛店主說的？」尼爾豹一下子驚醒過來，追問道。

啾多被嚇了一跳：「對……對啊，今天乳牛店主特別高興，對每一個客人都說了啾，還說要做一面誇獎貓爪怪探團的錦旗掛在門口呢！都是靠她的委託，大家的店才得救的啾！」

啾多每說一句，尼爾豹就覺得更加心驚膽戰，腦子裡迅速思考，如果這個工廠剩下的人想要報復，在找不到他們貓爪怪探團的情況下，就一定會找上乳牛店主。

乳牛店主有危險！白天乳牛店主開店，不好下手，可是一旦到了晚上……

夜色降臨，尼爾豹趕緊換上月光幻影的制服，急匆匆的朝乳牛店主的家趕去。

「你要幹什麼?!救命哞——」

房子裡真的傳來打鬥的聲音！

月光幻影快速跑向房子，只見房門被打開，屋內一片狼藉，一個全身穿著黑色衣服的黑影正一手抓住乳牛店主，一手摀住她的嘴巴防止她出聲。

「住手！」

黑影看到月光幻影，立刻轉換了目標，一把把乳牛店主扔到一邊，朝月光幻影撲了過去。

黑影的速度實在太快，利爪在燈光下閃

著寒光，一下子就來到月光幻影面前。月光幻影趕緊朝旁邊一躲，差一點兒就被抓到了耳朵。

兩個人在狹小的房間裡激烈的打鬥，黑影的每一次攻擊都帶著狠勁兒，像是一定要把月光幻影置於死地一樣。

「小心哞！」

忽然，乳牛店主拿起檯燈，狠狠的朝黑影的手臂打去，可是沒想到，檯燈碎了一地，這個黑影還是一動不動。他轉頭看了一眼呆住的乳牛店主，眼睛裡放出寒光。

「不好！」月光幻影撲過去，可是還是沒趕上，只見黑影手臂一揮，乳牛店主瞬間就被狠狠的推倒在地，砰的撞上了桌角，昏了過去。

再也顧不上黑影了，月光幻影趕緊衝過去查看乳牛店主的情況，而黑影正準備再次攻擊的時候，門外傳來了急促的腳步聲。

「媽媽！你怎麼了？門怎麼開著？」

是達利牛的聲音！

黑影聽到聲音，立刻從窗戶跳了出去，不見蹤影。當達利牛衝進家裡，一下子就看到一地狼藉，他的媽媽乳牛店主倒在地上。同時，房間裡還有一個不應該出現在這裡的人——貓爪怪探團的月光幻影！

在達利牛眼裡，月光幻影呼吸急促，身上的制服也皺巴巴的，明顯是打鬥過的痕跡，於是，達利牛大喊一聲：「月光幻影，是你傷害了我媽媽?!」

達利牛趕緊衝到乳牛店主的身邊，但是又怕造成二次傷害，所以不敢輕易挪動乳牛店主。

達利牛一雙充滿血絲的眼睛狠狠的瞪著月光幻影，彷彿下一秒就要把他逮捕歸案。月光幻影知道達利牛誤會了自己，趕緊搖頭：「不！不是我！」

達利牛根本不相信，因為眼前的證據無一不證明凶手就是月光幻影。

月光幻影緊皺著眉頭，他原本是可以將真相都說出來的，可是空口無憑。再說了，那個黑影真凶非常危險，如果達利牛決心追查下去，說不定會引發出更大的麻煩。想到這裡，月光幻影轉身一躍跳到了窗台上，說：「我只能說傷害乳牛店主的凶手並不是我，至於真相總會有揭開的一天，你還是趕緊把乳牛店主送去醫院吧。」

達利牛看到月光幻影的動作，衝過去朝著揚起的風衣外套一抓，可是他只能抓住天空中傾瀉而下的月光，月光幻影早已消失在夜色之中。

「月光幻影，你別想逃！」

很快，救護車趕來將乳牛店主送去了醫院。救護車裡，達利牛憤恨的望著天上的月亮：「我向月亮起誓，我一定會抓到這個貓爪怪探團！」

祕密小姐的電台時間

第4集：網路謠言

各位委託人，歡迎來到祕密小姐的電台時間。

謠言就是那些沒有事實根據、捏造的言論。自古以來，謠言一直對人造成著極大的傷害。到了我們現在生活的時代，由於網路等各種傳播媒介的發展，一個謠言能在網路上更快、更廣的傳播開來，造成更大的影響。比如說一些完全沒有科學根據的「養生方法」，被網友們當作真實有用的方法傳播開來，有時候會誤導他人，還會對自己的身體造成傷害。還有一些人在網路上散布謠言，攻擊他人，來為自己謀取利益。所以，我們在上網的時候，一定要保持冷靜思考，看見一個言論後不要盲目聽信，而是先透過各種方法查明真偽，才不會被各種謠言牽著鼻子走！

1

有趣的委託人

「你好，歡迎光臨！」

「這些商品一共五十八塊錢，謝謝惠顧。」

「尼爾豹！快來收貨啦——」

「尼爾豹，快來結帳，你看後面隊伍都排多長了！」

一整天，尼爾豹就像是一個旋轉的陀螺不停的在貓爪便利店裡工作，一會兒為客人結帳，一會兒幫客人熱便當，一會兒又要清點新到的商品的數量，還要將空空的貨架補全。好不容易等一批客人走後，還沒等他坐下，他就發現便利店的地板髒兮兮的，必須立刻打掃。

到了深夜，啾多結束加班來到貓爪便利店的時候，被尼爾豹的憔悴嚇了一大跳。

「天哪，尼爾豹，你看起來就像是連續加班三天的我啾！」

尼爾豹頂著一頭已經變得亂糟糟的毛髮，整個身體就像沒有骨頭似的只靠一個拖把支撐著，他打了個哈欠說：「你說得沒錯，我確實已經連續加班三天了，每天都是十幾個小時……我快要……快要不行了……」

啾多驚訝的朝四周張望了一下，說：「啾，平時不是還有一位花貓店員和你換班嗎啾，這幾天怎麼沒見到她啾？」

一說到這個，尼爾豹的耳朵和尾巴就一起豎了起來，他有些悲憤的說：「她……她永遠的離開了我們。」

啾多滿是震驚的問：「啾啾啾？她還這麼年輕！」

尼爾豹說：「就在三天前，她跟我說她受到了貓爪怪探團的啟發，覺得自己應該去尋找什麼真實的自我，然後就辭職了，現在已經在格蘭島旅遊了！」

由於花貓店員的突然離職，現在貓爪便利店就只有尼爾豹一個店員了。巧的是，明鏡湖畔新開了一個商業區，引來了更多的遊客和上班族，因此貓爪便利店的客人猛增，這才造成了現在尼爾豹連日加班的情況。

「我現在就像是被黑心老闆壓榨的員工，無時無刻不在工作，我覺得雪莉貓老闆該給我加班費才對。」尼爾豹正杵著拖把聲情並茂的表演的時候，一個聲音冷冷的從辦公室裡傳了出來：「好呀，這幾天給你加班費。」

是雪莉貓，她剛剛在辦公室裡算帳呢。

尼爾豹一聽到加班費，眼睛一下子放出

光彩：「老闆，你真是個好老闆！」

雪莉貓笑了笑，揮了揮手上的帳本：「可是我剛剛算了一下，由於你又算錯帳，這段時間的加班費大概都要用來抵銷這些虧損了。」

尼爾豹哀叫：「啊？……」

雪莉貓問：「需要我告訴你，你現在還欠我多少錢嗎？」

尼爾豹扔開拖把，緊緊捂住耳朵：「我不想知道。」

一旁的啾多沒忍住笑出了聲：「噗啾——」

尼爾豹有些憤怒的看著啾多，威脅道：「好呀，啾多，你竟然在那邊幸災樂禍！我告訴你，你下次吃泡麵的時候，裡面可不一定會有調味包！」

看著開始打鬧的尼爾豹和啾多，雪莉貓無奈的想：「我當時怎麼會突發奇想，要和這種人一起改變伊洛拉群島呢？」

雪莉貓拍了拍尼爾豹的肩膀，遞給他一張剛列印好的海報，說：「喏，快把海報貼到牆上，我們得趕緊新招一個店員，這樣你就能輕鬆一些了。我今天大發慈悲，再去幫你盤點一下貨物。」

說完，雪莉貓朝庫房走去。

雪莉貓來到庫房並沒有盤點貨物，而是

推開牆上的暗門，坐著小電梯來到了便利店的地下——貓爪怪探團的基地。

雪莉貓靈巧的坐到椅子上，滿懷期待的打開電腦，心想：「今天可以收到什麼樣的委託呢？」

貓爪怪探團的基地裡，終於結束所有工作的尼爾豹邁著歡快的步伐朝雪莉貓走去，問：「今天收到什麼有趣的委託了嗎？」

雪莉貓雙手一推桌子，利用反作用力將滑輪椅滑到一邊，為尼爾豹挪出位置，並示意他看螢幕上的郵件。

雪莉貓說：「遇到了一個有趣的委託人，你看看吧。」

雪莉貓的態度讓尼爾豹有些納悶，一般向貓爪怪探團發出委託的人都是遇到了非常難解決的事情，雪莉貓為什麼還會說這個委託人「有趣」呢？

尼爾豹盯著螢幕，一字一句看了起來：

貓爪怪探團你們好，我是比比格。聽別人說有什麼煩惱都可以跟你們說，所以我就來了。我是一條來自小山城的米格魯（比格犬），特長是吃辣。前段時間我出來找工作，遇到了黃鼠狼老闆，他真是一個非常好的老闆，不過就是太摳門了！雖然工廠包吃包住，但是每頓飯只有一個饅頭和一根鹹菜，如果想要多吃，就得記在賬上。結果工作一天下來，我不僅沒賺到錢，反而還會欠黃鼠狼老闆錢。這都幾個月了，我欠的錢越來越多了，唉，我什麼時候才能還完欠老闆的錢，再找一個工作。對了，可不是我吃得太多，我的同事們欠得比我還要多呢！有一個同事想要離開，卻在看到黃鼠狼老闆拿出的合約時就放棄了。那張合約我們都簽了，不過我媽說過，出來找工作，就是得簽合約。除了賺不到錢這一點外，我還有點不滿意的就是，老闆從來不讓我們離開工廠。唉，工廠裡黑漆漆的，每天都在運煤炭，好髒！我是趁老闆不注意，挖洞跑出來發這封郵件的，不說了，我要回去工作了！希望貓爪怪探團能讓黃鼠狼老闆不要那麼摳門，謝謝你們。

尼爾豹看完，瞪大了眼睛，難以置信的說：「天哪，這個比比格是沒發現自己被黃鼠狼老闆騙進了黑心工廠嗎？」

雪莉貓戳戳螢幕：「所以我才說這是個有趣的委託人呀，決定了，這就是我們的新委託！」

尼爾豹搔搔頭：「好，不過……他好像沒說過這個黑心工廠的名字呀。」

雪莉貓一邊敲打鍵盤，一邊回答：「起

碼我們知道了兩個消息，一是這座黑心工廠在小山城，二是他的老闆是一隻黃鼠狼，並且這隻黃鼠狼平時的行蹤應該比較隱祕，性格嘛，應該很貪財狡詐。接下來就交給土撥鼠情報隊吧。」

過了一會兒，土撥鼠情報隊隊長土圓的臉出現在螢幕中。

尼爾豹驚嘆道：「哇，還是這麼快！」

土圓說：

「土撥鼠情報隊守則第二條：土撥鼠的情報，絕對及時！祕密小姐，根據您提供的資訊，我們在小山城找到了符合條件的對象。黃鼠狼老闆每天早上九點到下午四點出現在小山城中心市場，其他時間不見蹤影，職業不明，經濟來源不明，住所不明。」

土圓傳來一張照片，上面是一隻賊眉鼠眼的黃鼠狼在熱情的跟人攀談。

尼爾豹雙手抱臂，瞇著眼睛說：「看起來就是這隻黃鼠狼沒錯了，他不想讓人找到他的黑心工廠，也不想讓人找到他家，那就說明他家裡存放著重要的東西，比如那些堪比賣身契的合約。我們是不是只要像上次那樣跟蹤他，然後把合約偷出來就好了？」

雪莉貓眼睛亮亮的，望著尼爾豹問：「你

覺得這樣就夠了嗎？」

尼爾豹摸摸下巴、撇撇嘴說：「不夠，沒意思。」

雪莉貓轉頭問：「土圓，你們土撥鼠情報隊提供別的服務嗎，比如演戲？」

螢幕中的土圓露出了一個職業化的微笑：「土撥鼠情報隊竭誠為您服務，不過祕密小姐，這是另外的價錢。」

8

老虎阿壯找工作

小山城是一座建立在丘陵地區的城市，大大小小的建築坐落在起起伏伏的山丘之上，來往的商販和遊客絡繹不絕，讓小山城的中心市場每天都熱鬧非凡。

今天，黃鼠狼老闆一如既往的來到了中心市場的茶館。他點了一壺茉莉花茶，又來一盤最便宜的豆乾，就坐在茶館邊緣的搖搖椅上，搖著一把摺扇，兩隻眼睛滴溜溜的觀察著來來往往的人。

因為他每天準時到茶館報到，所以茶館老闆早就熟悉了這個神祕的客人。可是儘管如此，茶館老闆還是不知道這隻黃鼠狼從哪裡來，工作是什麼。不過每個人都有自己的祕密，既然黃鼠狼從沒欠過帳，他也不會多問。

時間一分一秒過去，就快要到中午了。一隻穿著破舊、身材卻非常壯實的老虎來到茶館旁邊的麵館門口，他望著菜單，看起來有些為難。

麵館的服務生熱情的跑了過去招呼道：「這位客人，你想要吃點什麼？我們這裡的特色料理有紅燒牛肉麵、香菇燉雞麵、鮮蝦魚板麵……」

老虎伸出舌頭舔舔嘴脣，看了半天，最後不好意思的搖搖頭，說：「我……我還是不吃了……」

他還沒來得及轉身，肚子就傳出了一聲巨響。

「啊……啊……這……」老虎猛的按住肚子，又搔搔腦袋，手足無措的說，「那個……請問你們店需要服務人員嗎？我很有力氣、很勤快！」

麵館服務生見老虎這個樣子，就知道他沒錢吃飯，翻了個白眼說：「不缺人不缺人，你不吃飯就趕緊走，別在門口擋著我做生意！」

就在老虎垂頭喪氣準備離開的時候，一個身影攔住了他：「哎，來碗紅燒牛肉麵，我請客！」

是剛剛在旁邊喝茶的黃鼠狼老闆！

只見他熱情的把老虎拉到麵館裡坐下。老虎紅著臉向黃鼠狼老闆道謝，黃鼠狼老闆揮了揮手，說：「唉，我就是見不得別人受苦哇！不知道小兄弟要怎麼稱呼，來小山城做什麼呀？」

「我……我叫阿壯，是來小山城找工作的，就……就是一直沒找到，身上的錢也花光了。」

老虎阿壯一說完，黃鼠狼老闆兩眼放光，一巴掌拍響了桌子，義正詞嚴的說：「像你這麼『一表虎才』的老虎，怎麼能找不到工作呢！老虎阿壯，要不要到我的工廠上班啊？包吃包住，比那個出名的豬亨達公司只好不差！」

「真的嗎?!」老虎阿壯一下子握住黃鼠狼老闆的手，然後興奮的將他舉了起來，「黃鼠狼老闆，我願意！」

黃鼠狼老闆喊道：「你先放下我呀！」

正在這時，香氣撲鼻的紅燒牛肉麵端上

了桌。老虎阿壯的肚子又發出一聲驚天巨響。他不好意思的放下黃鼠狼老闆，端著麵狼吞虎嚥起來，沒有注意到黃鼠狼老闆被扇子擋住的奇怪笑容。

「對了，黃鼠狼老闆，我們村裡還有好多人要找工作。」吸溜——

黃鼠狼老闆一下子興奮起來：「嗯？」

老虎阿壯端起麵碗，咕嚕咕嚕把麵湯全喝進肚子後說：「我們一整個村子的人都要找工作，嗝——」

他有些期待的看著黃鼠狼老闆：「老闆，你能不能到我們村裡去，把他們都帶到你的工廠打工呀？」

黃鼠狼老闆心想：「天哪，還有這麼好的事呀？」

他趕緊點頭，唰的一下把扇子收攏，說：「好哇！帶我去吧！我們工廠非常缺人！」

黃鼠狼老闆發誓，自己從來沒走過這麼遠的山路，老虎阿壯帶著他從大巴士轉小汽車，小汽車轉拖拉機，一路翻山越嶺，終於在幾個小時後來到了村子裡。黃鼠狼老闆一下車就撐著一棵樹彎著腰吐了出來：「嘔——想暈死我呀！」

老虎阿壯站在村口，深呼吸之後大喊一

聲：「朋友們，我帶大老闆來啦——」

黃鼠狼老闆頭昏腦脹的看到，從四面八方鑽出十七八隻土撥鼠，裡裡外外將他圍了起來，七嘴八舌的說：

「老闆？」

「什麼老闆？」

「有工作了？」

「太好了！」

土撥鼠們圍著黃鼠狼老闆你一言、我一語的討論著，眼睛裡都閃爍著好奇和興奮的光芒。而黃鼠狼老闆看著圍著自己的這一群健壯的土撥鼠，心裡早就打起了算盤：「真是好哇，都好壯、好傻，肯定都是優秀員工！不過嘛……」

黃鼠狼老闆看看土撥鼠們，又看看一旁正在傻笑的老虎阿壯，問：「老虎阿壯，你怎麼住在這個都是土撥鼠的村子裡呀？」

這個問題一問出口，老虎阿壯那健壯的身軀就開始顫抖，只見他眼眶泛紅、聲音嘶啞的說：「嗚嗚嗚，我從小就到處漂泊，多虧了村子裡的土撥鼠把我養大，嗚嗚嗚，我雖然是一隻老虎，但是我的心已經完全變成了土撥鼠！」

「嗚嗚嗚……」

土撥鼠們也忽然開始流淚，兩三個的抱成一團，哇哇大哭起來，惹得黃鼠狼老闆連聲安慰道：「大家別哭，別哭哇……」

土撥鼠當中看起來年紀最大的、留著鬍子的土撥鼠村長拄著拐杖走出來，他抹了抹眼角的淚水，對著黃鼠狼老闆說：「黃鼠狼老闆，讓你見笑了。我們都非常願意去你的工廠工作，不過現在天色已經很晚了，不如在村子裡休息一晚，也好讓大家收拾收拾行李，明天一起跟你去工廠。今天你就留在這裡，讓大家好好招待你吧！」

「好的好的，麻煩村長了！」黃鼠狼老闆

的到來讓整個土撥鼠村歡天喜地，土撥鼠村長更是拿出了最好的食物來招待。

黃鼠狼老闆說：「這個馬鈴薯泥，好吃得不得了哇。」

土撥鼠村長說：「多吃點多吃點，這是我們村最出名的馬鈴薯，需要人工一個一個仔細挑選！」

黃鼠狼老闆說：「這個果酒，好喝得不得了哇！」

土撥鼠村長說：「多喝點多喝點，這是我們村特製的釀了三十年的酒！」

在土撥鼠村長的院子裡，土撥鼠們熱情的招待著黃鼠狼老闆，老虎阿壯也跑上跑下，一派熱鬧喧騰的景象。到了月亮爬到頭頂的深夜時分，黃鼠狼老闆已經喝得有些微醉，他搖搖晃晃的站起來，準備回房間睡覺：「謝……呃……謝謝大家，我要睡覺了……」

可是，還沒等到他離開，土撥鼠村長就往他的手裡塞了個東西，他定睛一看，竟然是一把鋤頭！

醉醺醺的黃鼠狼老闆問：「這……這是什麼？」

土撥鼠村長回答：「這是鋤頭啊。」

黃鼠狼老闆更疑惑了：「給我鋤頭要幹

什麼？」

土撥鼠村長一臉理所當然的說：「當然是鋤地啦！」

黃鼠狼老闆不解：「我為什麼要鋤地？」

土撥鼠們聽了這個問題，一下子都直起身子，眼睛瞪得滾圓。土撥鼠村長難以置信的說：「因為你吃了我們的飯呀！」

老虎阿壯走了過來，樂呵呵的對黃鼠狼老闆說：「老闆，我們村的規矩就是不勞動者不得食！吃多少就得做多少活兒，來，我帶你去幹活兒！」

說著，老虎阿壯就拉著黃鼠狼老闆瘦弱的胳膊要帶他到田地裡去，黃鼠狼老闆掙扎著說道：「怎麼回事呀！大家明天跟我去工廠，就不用幹農活兒了！」

土撥鼠們連連搖頭：

「不行！」

「沒幹完活兒……」

「我們就不去工廠工作！」

「對！」

黃鼠狼老闆看看手裡的鋤頭，又看看面前那麼多的土撥鼠，心想：「唉，雖然很不想幹活兒，但是一次能騙到這麼多勞動力，也不虧呀，大不了明天想辦法讓他們欠更多的錢！」

為了能獲取土撥鼠們的信任，好騙他們到自己的工廠幹活兒，黃鼠狼老闆心一橫，拿起鋤頭就跑到地裡，跟著老虎阿壯一起鋤地。

一個土撥鼠村民說：「黃鼠狼老闆，麻煩你幫我把這一車馬鈴薯運到倉庫裡去吧！不然我明天來不及去工廠啦！」

黃鼠狼老闆一跺腳：「為了錢，我運！」

又一個土撥鼠村民說：「黃鼠狼老闆，麻煩你幫我把這一缸水裝滿吧！不然我明天來不及去工廠啦！」

黃鼠狼老闆牙一咬：「為了錢，我裝！」

「黃鼠狼老闆，麻煩你幫我把這一屋子的垃圾收拾一下吧！不然我明天來不及去工廠啦！」

黃鼠狼老闆心一狠：「為了錢，我收拾！」

一晚上，黃鼠狼老闆都在跑來跑去，他一邊喘著粗氣，一邊想：「累……累死我了，明明我是來找人打黑工的，怎麼現在自己卻像是打黑工的……這群可惡的土撥鼠，看我之後怎麼壓榨他們……」

黃鼠狼老闆累得倒在椅子上，他覺得自己為了騙取這群土撥鼠的信任已經付出了太多。這時，土撥鼠村長再次呼喚他：「黃鼠狼老闆，這裡還有兩筐糞便，麻煩你幫我們挑到那邊的地裡去吧。」

「村長，你說……要我挑什麼？」黃鼠狼老闆捏著鼻子、瞪著他那黃豆般的眼睛，難以置信的問。

土撥鼠村長指著一旁的兩個大筐，滿臉淡定的回答：「兩筐糞便呀，這可是最好的肥料，是我們村馬鈴薯優質的祕方！」

一道閃電從天際劃過，照亮了天空，也照亮了黃鼠狼老闆因糾結而慘白的臉。

他站在裝著糞便的筐前，腦海裡有兩個小黃鼠狼正在激烈的交鋒：

「挑吧，為了錢！」

「好臭啊——」

「挑吧，不然之前幹的活兒都白費了！」

「好臭，好臭啊——」

土撥鼠村長看著黃鼠狼老闆愣在原地的樣子，心裡偷笑，卻還是一臉關心的問：「老闆，沒事吧？」

「沒……沒事……」黃鼠狼老闆鼓起勇氣走向兩個大筐，卻在下一秒被一股惡臭熏得退後三步。

他渾身的毛都豎了起來，然後轉身拔腿就跑。

「哎，老闆——工廠——！」還沒等老虎阿

壯說完，黃鼠狼老闆就在月下沿著山間的小路一溜煙兒狂奔不見了。

當然，黃鼠狼老闆不知道的是，原本在地裡幹活兒的老虎阿壯，一直遠遠的跟在他的後面。

9

有一條密道

「呼……呼……累死我了……」

從土撥鼠村一路跑回小山城的黃鼠狼老闆氣喘吁吁的來到小山城郊區的一座房子前面。這座房子背靠幾座小山，四周荒無人煙。黃鼠狼老闆實在是太累了，都沒來得及四處張望就開門衝進家裡，一頭倒在臥室的床上睡了過去，發出震天的鼾聲：「呼——呼——」

夜幕中，房子的大門悄無聲息的被推了開來，一個身影躡手躡腳的溜了進來。

月光照出了他的模樣，是老虎阿壯！

「月光幻影已進入目標房屋，開始尋找工廠合約。祕密小姐，你看到之前黃鼠狼老闆的表情了嗎？真是笑死我了。」

祕密小姐說：「月光幻影，執行任務的時候請不要聊天。」

原來，無論是老虎阿壯還是土撥鼠村，都是尼爾豹和雪莉貓精心策劃的一齣好戲，本來他們為黃鼠狼老闆準備的東西可不止這些。除了那兩筐糞便，還有一車榴槤、幾箱蟑螂和多年沒清理過的下水道！可沒想到，這老闆竟然這麼快就逃了。尼爾豹只好跟著他回來，尋找那些合約。

月光幻影小心翼翼的在房子裡翻找，很快在書房中那有一人高的保險櫃裡找到了那些寫著離譜條約的合約。當然了，這些普通

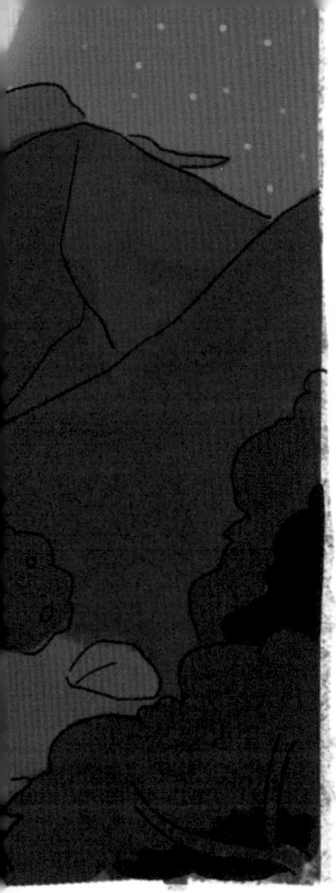

的保險櫃在月光幻影手中，就像是玩具，只需要一根鐵絲就能輕鬆打開。

「月光幻影已經拿到目標合約，即將……等一下。」

「怎麼了，月光幻影？」

「祕密小姐，保險櫃後面似乎有一條密道。」

「密道？」

雪莉貓立刻調出黃鼠狼老闆房屋背靠的山的地圖，分析了一下，忽然明白了：「我知道了，資料顯示山中有一個無名礦石加工廠。結合黃鼠狼老闆平日神祕的行蹤，我猜測這個密道就通向加工廠，當然，黃鼠狼老闆就是這個無名礦石加工廠的主人。」

尼爾豹看看密道，再看看臥室裡睡得昏天黑地的黃鼠狼老闆，心裡忽然萌生了一個主意。

第二天一大早，比比格從簡陋的宿舍裡起床，發出了一聲哀歎：「唉……又要開始工作了。」

他垂著兩隻大耳朵來到工廠的大廳，

卻發現大家都在大廳裡，熱鬧得不知道在幹麼。他順著大家的視線抬頭望去，驚訝的大叫：「黃鼠狼老闆怎麼被掛在那兒了呀！」

在這個暗無天日的工廠大廳裡，黃鼠狼老闆被吊在半空中，仔細一看，他竟然還在

閉著眼睛呼呼大睡，鼻子上還掛著一個不大不小的鼻涕泡！

比比格這一嗓子在大廳內迴盪，吵得黃鼠狼老闆緩緩醒來：「我不……我不要挑糞……啊？怎麼回事？我怎麼會在這裡?!」

黃鼠狼老闆沒意識到自己身處高空，著急的扭動著身子，卻在半空中晃蕩起來，頓時嚇得一動不敢動。

底下的工人們也摸不著頭腦，不知道發生了什麼。

就在這時，大廳裡忽然響起一個聲音。

「維護正義也是一門藝術，各位，歡迎來到貓爪怪探團的表演時間！」

工廠的大燈在一瞬間全部打開，就在黃鼠狼老闆對面的柱子上，一個穿著黑紅風衣的身影優雅的站立著。

「這個風衣，這個標誌……」比比格一下子瞪大了眼睛，兩隻大耳朵立了起來，說：「是貓爪怪探團！」

貓爪怪探團！如今伊洛拉群島上有誰不知道貓爪怪探團呢？

黃鼠狼老闆瞪大眼睛：「你……你怎麼會在這裡？」

月光幻影朝吊在半空中的黃鼠狼老闆

行了一個禮，開口道：「黃鼠狼老闆，你難道忘了我嗎？」

是老虎阿壯的聲音！可緊接著，他的聲音變回了月光幻影：「我是貓爪怪探團的月光幻影，很高興見到你！」

黃鼠狼老闆一下子反應過來，哪裡有什麼老虎阿壯，從頭到尾都是這個月光幻影假扮的！

貓爪怪探團出現在這裡，意味著什麼？

月光幻影滿意的看著大家欣喜又崇拜的表情，朝天打了個響指，隨後一大堆文件就從天上紛紛的落下。

比比格跳起來抓了一份，竟然是他們簽的那些宛如賣身契般的合約！

月光幻影說：「各位勤勞的人們，這些源自於欺騙的合約本身就是沒有法律效力的，應該要怎麼處理它們，相信大家都有自己的判斷！」

唰唰唰——轉眼間，這些合約就被憤怒的人們撕得粉碎，被吊在上空的黃鼠狼老闆無可奈何的看著這一切，嘴裡念叨著：「完了，都完了……」

月光幻影才沒心思管黃鼠狼老闆，他仔細尋找人群中的比比格，想看看委託人現在的反應。出乎他意料的是，比比格看起來並沒有像其他人那樣高興，而是一臉茫然的看著手上的合約，隨後的動作差點兒驚得月光幻影從柱子上摔下來——

「為什麼比比格要把合約吃掉啊？」

這時，一陣警車的鳴笛聲從工廠大門外傳來。隨後，一群警察衝了進來，為首的公牛警官喊道：「小山城警察接到報案，黃鼠狼老闆涉嫌非法經營、非法限制人身自由、詐騙，還有逃稅漏稅，請跟我們走一趟。」

「天哪——」黃鼠狼老闆看到警察後，兩眼一翻，暈了過去。而月光幻影呢，則照慣例撒下了貓爪怪探團的名片，隨後便失去了蹤影。

第二天，尼爾豹仍然在貓爪便利店裡忙得暈頭轉向。

「你好，歡迎光臨！」

「這些商品一共四十塊錢，謝謝惠顧。」

送走了客人，尼爾豹猛的趴在桌子上，痛苦的哀嚎著：「天哪，這樣的日子我到底還要過多久，怎麼還沒有人來應徵啊！我需要休息！」

這時，一個熟悉的、垂著兩隻大耳朵的

腦袋從門口探了進來，問：「你好，請問這裡在應徵店員嗎？我上一個工廠的老闆被警察抓走了……」

祕密小姐的電台時間

第5集：天上會掉餡餅嗎？

各位委託人，歡迎來到祕密小姐的電台時間。

你覺得天上會平白無故掉下餡餅嗎？我們在生活中有時會遇見看起來像是「天上掉餡餅」的好事情。比如免費的玩具、免費的體驗課等。這些免費的「餡餅」背後往往是一個巨大的騙局，引誘著你上鉤，在裡面投入更多的金錢。要知道，免費的東西往往才是最貴的東西。我們要擦亮眼睛仔細鑑別，更重要的是，別貪小便宜喲！

10

被偷走的貨物

「謝謝惠顧！歡迎下次再來！」

尼爾豹帶著專業的笑容送走了上午的最後一批客人，在忙碌了一整個上午之後，他終於得到了短暫的清閒。當尼爾豹靠在櫃檯上休息的時候，電視中黃鸝鳥主播播報的新聞引起了他的注意：

「各位草原城的居民請注意，臭名昭著的犯罪集團夜狼幫，目前已經潛入本市。夜狼幫是一個專門趁著夜色搶劫、機動能力很強的流竄集團，據可靠消息，該集團已在本市逗留超過一週，具體原因不明。草原城電視台提醒各位居民，儘量不要獨自出行，夜晚關閉好門窗，以防範不必要的風險。」

尼爾豹瞇起了眼睛，心裡想：「夜狼幫？

哼哼……但願他們不要在這裡為非作歹，我最近的麻煩已經夠多了……」

正當尼爾豹怔怔的發呆的時候，店員比比格拿著便利店的貨物單來向他匯報。

「剛才我在整理貨架的時候，發現我們店裡丟了很多東西！」

尼爾豹嗖的一下站了起來，問：「什麼？誰這麼大膽？敢來我們店裡偷東西？」

比比格搖了搖頭，垂著耳朵，害怕的說：「一定是剛才電視裡說的夜狼幫……你說……我們是不是被盯上了？」

「哼！管他們是什麼幫！敢在太歲頭上動土，就別怪我不客氣啦！」說完，尼爾豹就一把接過了比比格手中的貨物單，邊看邊念，「幼兒奶粉、嬰兒尿布、加熱奶瓶、氣球……」

尼爾豹的聲音越來越小，最後他伸手捏了捏貨架上的充氣玩具，無奈的問比比格：「比比格……你會不會太緊張了……你也不想想，夜狼幫偷這些東西是要幹麼？開一家幼稚園嗎？」

聽到這裡，比比格終於鬆了一口氣，不好意思的搔了搔頭，說道：「哦，好吧……看來是我搞錯了……這麼說，偷東西的一定另有其人。」

尼爾豹看著店外來來往往的行人，瞇起眼睛說：「不管這個小偷是誰，我都一定會親手抓到他的！」

於是在接下來的整整一個下午，尼爾豹的雙眼開啟了月光幻影模式。他用鋒利的眼神仔細觀察著每一位來店裡購物的客人，一隻膽小的袋熊被他盯得直發毛，不得不威脅他要向雪莉貓投訴，這才制止了尼爾豹的嚴密檢查。直到黃昏的時候，一條裹著頭巾、身材矮小的斑點狗（大麥町）跟隨人群走進了便利店中，這引起了尼爾豹的注意。

斑點狗環顧了一下四周，趁人不注意的時候，偷偷溜進了兒童用品區，尼爾豹一個箭步跟了上去。他臉上掛著笑容，招呼道：「這位客人，請問有什麼需要我幫助的嗎？」

斑點狗趕忙轉過頭，神色慌張的擺了擺手，正好打到了身邊的貨架，一落比比格剛剛擺好的奶粉全部都被碰倒了。斑點狗大驚失色，紅著臉道歉：「沒……沒什麼……對不起！我只是隨便看看……」

精通偽裝的尼爾豹狐疑的上下打量著斑點狗，劣質的皮毛，用水彩塗畫出來的斑點，顯然，這隻斑點狗是由其他動物所假扮的。不過，尼爾豹並沒有拆穿他，而是笑了笑說：「好的，如果您有什麼需要的話，隨時都可以找我……」

還沒等尼爾豹說完，斑點狗就慌慌張張的離開了。有了這麼多次行動的經驗，尼爾豹確定這傢伙一定有問題，他心想：「任何罪犯都別想從我月光幻影的眼皮底下溜走。」

接著，他向比比格打了個招呼，悄悄跟隨斑點狗的腳步進入了夜色之中。

離開便利店，尼爾豹觀察地面，斑點狗剛剛留下的鞋印還很清晰。尼爾豹一眼就辨別出來鞋子的主人絕不是一隻斑點狗，並且他的年齡應該不算太大。尼爾豹順著腳印跟去，轉過了幾個街角，發現地上的腳印消失在了一扇鐵門前。尼爾豹抬頭看了看，這是一幢已經年久失修的房子，他縱身一躍翻過了鐵門，輕緩的落在了地上。

尼爾豹心想：「這次，再也別想從我的眼皮子底下溜走了！」

他輕輕推開了房子的木門，躡手躡腳的走了進去。房子裡漆黑一片，只能透過窗外透進來的月光看清楚房子裡的擺設。這裡應該已經很久都沒有人居住了，屋頂的四周都掛著厚厚的蜘蛛網，客廳裡的餐桌上布滿了厚厚的灰塵。尼爾豹抬頭看去，房子的二樓有一間沒有上鎖的房間，門縫裡透出了微微亮光。尼爾豹豎起耳朵，聽到了裡面燒水的聲音。尼爾豹確認那隻斑點狗就在房子裡，心中暗喜：「哼！這下看你還往哪裡跑！」

他輕巧的順著樓梯上了樓，趁著明亮的月色，披上自己那件黑紅風衣，戴好月光幻影標誌性的面罩之後，抬起腿來，一腳踢開了房間的木門。

一個巨大的石錘從天而降，顯然，這是壞人事先布置好的陷阱。尼爾豹微微一笑，接著一個敏捷的翻滾就輕鬆躲開了石錘，順利進到了房間裡，用自己披著風衣的身體堵住了這裡唯一的出路。

「維護正義也是一門……哎……人呢？」

還沒等尼爾豹念完月光幻影的登場台詞，他就驚訝的發現這裡並沒有敵人。房間的窗戶大開著，一盞昏暗的吊燈在不停的搖晃。尼爾豹趕忙跑到了窗邊，看到樓下的院子裡散落著斑點狗的頭巾和幾罐沒拆封的奶粉。顯然，那個小賊已經跳窗逃跑了。

尼爾豹來不及考慮就站到了窗邊，正當他準備要從窗戶裡翻出去繼續追捕敵人的時候，房間角落的櫃子裡傳來的一聲清脆哭喊劃破了夜晚的寧靜。

尼爾豹驚訝極了：「什麼？這裡居然還有孩子？」

他不得不咬著牙放棄了追捕。他走到櫃子邊，輕輕打開了櫃門。

一陣寒光閃過，沒想到那隻斑點狗居然躲在櫃子裡，此刻他正舉著一把鋒利的匕首，對著尼爾豹露出了自己又細又尖的牙。在他的身後，兩隻穿著尿布的小狼正蜷縮在櫃子的角落裡，一隻正在奮力的啼哭，另一隻則是

好奇的觀察著尼爾豹的面罩。

斑點狗舉著匕首，哆哆嗦嗦的開口道：「退後！你……你要是再敢往前走一步的話，就……就……」

「就別怪我不客氣了！」

「就別怪我不客氣了！」

斑點狗和尼爾豹異口同聲的說。尼爾豹搖了搖手指，從口袋裡頭掏出一塊鵝卵石，在手中把玩了起來，說：「唉……你們這些壞蛋能不能換個花樣，編出點兒更帥氣的台詞啊……」

接著，尼爾豹用手指輕輕一彈，鵝卵石飛了出去，石頭不偏不倚的擊中了斑點狗的手，斑點狗疼得手一鬆，匕首哐噹一聲掉落到地上。

尼爾豹眨了眨眼睛，笑著問道：「是你自己出來乖乖投降呢，還是需要我親自進去請你？當然啦，如果讓我動手的話，可能就會有點兒痛了。」

看到尼爾豹不肯退讓，斑點狗終於低下了頭，嘆了口氣道：「好吧，我願意跟你走，但是你得先讓我餵完我弟弟。」

「嗯？弟弟？」

斑點狗摘下了自己的頭套，在窗外的

月光和屋裡昏暗的燈光照耀下，一隻毛色灰白、目光稚嫩的灰狼少年出現在了尼爾豹面前。

灰狼少年垂著腦袋從櫃子裡走了出來，踮起腳，才搆得到火爐上面的水壺。他顫顫巍巍的想把水倒進裝好奶粉的奶瓶裡，但是因為力氣太小，不小心把水灑了一地，差點兒燙到自己的腳。

尼爾豹搖了搖頭，一把接過了他手中的奶瓶：「唉……還是我來吧……」

當尼爾豹把奶瓶遞給兩隻小狼後，那隻不停在哭的小狼終於安靜下來。灰狼少年向尼爾豹伸出了雙手，尼爾豹注意到，他細小的手腕上布滿了被皮鞭抽過的疤痕。灰狼少年低著頭說：「你可以把我帶走了，但是，請你一定要幫我照顧好他們。」

看著櫃子裡已經吃飽、正在四處亂爬的兩隻小狼，尼爾豹皺起了眉，問道：「你們來這裡多久了？你們的家人呢？為什麼不去找人幫忙？你多大了？你身上的傷是怎麼來的？對了，你叫什麼名字？」

「這……這個……」聽到尼爾豹一連串的問題，灰狼少年支支吾吾的說不出來，最後，他踮起腳，奮力的爬到了一張破舊的椅子上，搖了搖頭輕輕的說，「這些……我都不記得了……」

「嗯？難不成你是失憶了嗎？」尼爾豹來到了他的身邊，抖了抖自己身上的風衣，伸出三根手指，笑著說，「實話告訴你吧，我是貓爪怪探團的月光幻影，我們擁有最準確的情報，相信我，不出三天，我們一定可以幫你們找到家人的！哈哈！」

灰狼少年的眼神裡露出了一絲驚慌，他連連擺手，拒絕道：「不……不用了……」

尼爾豹一偏頭：「嗯？不用什麼？你別擔心，我不會抓你了。」

灰狼少年身上細小的絨毛都豎了起來：「你就不要問這麼多了！我能照顧好他們。如果……如果你不抓我的話……」

尼爾豹說：「那怎麼行啊。你們都還是孩子，放任你們待在外面也太危險了。」

灰狼少年急了：「你到底要不要抓我走！如果不抓我的話，那就請你離開吧！我保證再也不會去便利店裡偷東西了！」

尼爾豹堅持道：「開什麼玩笑啊！無論如何，我是不會把你們丟下的！」

看著三隻無家可歸的小狼，尼爾豹不禁想起了自己的身世，他不忍心放任這幾個孩子在外面流浪。而那個灰狼少年也寸步不讓，堅持要他離開。正當兩人死死盯著對方互不相讓的時候，櫃子裡的小狼又開始號啕大哭。

小狼的哭泣打破了房間裡緊張的氛圍，灰狼少年攤了攤手說：「看來，我該給弟弟換尿布了……」

灰狼少年打開了一個箱子，裡面堆放著很多沒有拆封的嬰兒用品。灰狼少年取出了尿布，又努力把那個正在哭鬧的弟弟抱了起來。弟弟一把抓住了他臉上的絨毛，灰狼少年一下子沒站穩，搖晃起來。

「哎……哎哎……你別動啊……」

尼爾豹看著他笨拙的樣子，終於無奈的嘆了口氣，接過了他手中的小狼，幫助他一起給兩隻小狼換了尿布。哪知道，平時在行動中無所不能的月光幻影被這幾個小傢伙搞得筋疲力盡。他的風衣被尿浸溼了，通訊器被當作玩具弄壞了，更可憐的是，趁他不注意的時候，一個小傢伙把他的尾巴當成了磨牙棒，狠狠的咬了一口。尼爾豹忍著疼痛拿起了拖把，將這個房間裡裡外外全部都清掃了一遍。在檢查好了房間裡的電路，確定這裡一切都安全之後，尼爾豹站在門口問：

「你確定不跟我一起回去嗎？」

看著自己的兩個弟弟已經睡著了，灰狼少年堅定的點了點頭。

尼爾豹從風衣裡取出了一個貓爪通訊器，戴在了灰狼少年的耳朵裡，拍拍他的肩膀叮囑道：「好吧，這是貓爪通訊器，你隨時都可以用它來聯繫我。晚上睡覺的時候記得關好門窗。」

說完，尼爾豹就轉身準備回去了。灰狼少年摸了摸耳朵裡的通訊器，看著尼爾豹的背影，鼓起勇氣說：「我……我叫閃電！他們兩個是旋風和皮球。」

尼爾豹動了動自己臉上的面罩，回過頭微笑著說：「是嗎？你好啊閃電，我是正義的使者月光幻影。」

閃電鼓足了勇氣，伸出手，輕輕的碰了碰尼爾豹的胳膊，問：「嗯……你……嗯……我是說……明天，你還會來嗎？」

尼爾豹堅定的點了點頭——他從閃電的眼神裡看到了自己小時候的樣子——然後消失在夜幕之中。

土撥鼠的資訊傳遞

貓爪怪探團基地內。

土圓，幫我查一下這個資料！
土撥鼠情報隊竭誠的為您服務！
?
好的，請稍等！
尊敬的祕密小姐，我們已經找到您要的情報了。
土撥鼠的語言非常複雜，可以藉由不同的叫聲祕密傳遞資訊。
……
……
以後找情報時還是關掉顯示器比較好。

國家圖書館出版品預行編目（CIP）資料

貓爪怪探團・混沌時代篇2：乳酪店拯救計畫／多多羅著. -- 初版. -- 臺北市：臺灣東販股份有限公司, 2025.01
130面；14.7×21公分
ISBN 978-626-379-714-7（平裝）

859.6　　113017999

貓爪怪探團・混沌時代篇2

乳酪店拯救計畫

2025 年 1 月 1 日初版第一刷發行

著　　者　多多羅
繪　　者　丁立儂
主　　編　陳其衍
美術編輯　林佩儀
發 行 人　若森稔雄
發 行 所　台灣東販股份有限公司
＜地址＞台北市南京東路 4 段 130 號 2F-1
＜電話＞(02)2577-8878
＜傳真＞(02)2577-8896
＜網址＞https://www.tohan.com.tw
郵撥帳號　1405049-4
法律顧問　蕭雄淋律師
總 經 銷　聯合發行股份有限公司
＜電話＞(02)2917-8022

土撥鼠情報隊
土撥鼠情報隊

貓爪便利店
貓爪便利店
雪莉猫